ernst jandl
poetische werke

ernst jandl
poetische werke 9

ernst jandl
idyllen
stanzen

luchterhand

herausgegeben von klaus siblewski

1. auflage 1997

foto des autors: werner bern
satz: greiner & reichel, köln
druck und bindung: wagner, nördlingen

isbn 3-630-86928-9

idyllen

die ersten zwölf zeilen

die zeile, die vor mir steht still
und eine zweite zeile will
ich habe diese ihr erfunden
und schon zwei weitre dran gebunden
ein ende ist noch nicht in sicht
ich mag sie bisher alle nicht
weil jede schamlos nur enthüllt
mein denken als von nichts erfüllt
nichts andrem nämlich als dem schreiben
von zeilen, welche zählbar bleiben
für den, der an zwei mehr noch glaubt
als ihm der finger zahl erlaubt.

verwandte

der vater der wiener gruppe ist h. c. artmann
die mutter der wiener gruppe ist gerhard rühm
die kinder der wiener gruppe sind zahllos
ich bin der onkel

august stramm

er august stramm
sehr verkürzt hat
das deutsche gedicht

ihn august stramm
verkürzt hat
der erste weltkrieg

wir haben da
etwas länger gehabt
um geschwätzig zu sein

erstes sonett

am reim erkennt man oft die zeile
auch an der wörter gleichen eile
am silbenschlag, der wie der takt
des drummers jene dichter packt
die nie beim jazz in ruhe bleiben
sondern es mit den beinen treiben
den füßen, die den boden schlagen
als könnten sie es nicht ertragen
baß, drums, trompeten, saxophonen
ohne bewegung beizuwohnen.
wir sind vom selben holz gemacht
ihr schlagt und heult, und in uns kracht
ohrenbetäubend tag und nacht
donner der sprache, heult und lacht.

lieber ein saxophon

lieber ein saxophon hätte ich ja auch
an die lippen geführt anstatt
mit dem kugelschreiber an meine
veränderten zähne zu tippen mit der frage
was kommt denn dabei heraus, was kann denn
dabei herauskommen, wenn es nicht
sonny rollins ist oder gerd dudek
um einfach zwei lebende zu nennen

zweites sonett

die zeile will die zeile sein
hier muß nicht erst noch sinn hinein
mit sinn die sprache ist beladen
und dreckig, also laßt sie baden
im reinen schaum der schönen lieder
und fürchtet nicht, sie käm nie wieder
wie ihr sie kennt und wollt und braucht
wie wir erst aus dem schlamm getaucht.
wir setzen uns mit tränen nieder
denn unser leben war zu kurz
wir streckten eben erst die arme
nach einem schönen bilde aus
da riß es sich aus seinem rahmen
nichts blieb darin zurück. amen. aus.

wissen, sagen

die musiker mit ihren tönen
wissen was sie sagen
was sie mit ihren tönen sagen
das wissen die musiker
auch die maler mit ihren farben
wissen was sie sagen
was sie mit ihren farben sagen
das wissen die maler
ebenso die bildhauer mit ihren plastiken
wissen was sie sagen
was sie mit ihren plastiken sagen
das wissen die bildhauer
gleichfalls die tänzer mit ihren bewegungen
wissen was sie sagen
was sie mit ihren bewegungen sagen
das wissen die tänzer
schließlich die architekten mit ihren gebäuden
wissen was sie sagen
was sie mit ihren gebäuden sagen
das wissen die architekten
hingegen die poeten mit ihren wörtern
wissen diese was sie sagen
was sie mit ihren wörtern in wahrheit sagen
wissen das jemals die poeten

wirklich schön

für friederike mayröcker

einfachheit macht das komplizierte schön, who knows
kompliziertheit macht das einfache schön, who knows
einfach kompliziert sein ist vielleicht weniger schön
einfach einfach sein ist vielleicht auch nicht so schön

vielleicht verlangt das komplizierte
nach einer einfachen darstellung, um schön zu sein
so wie vielleicht das einfache, um schön zu sein
nach einer komplizierten darstellung verlangt

jedenfalls haben manche das einfache lieber
als das komplizierte
und andere das komplizierte
lieber als das einfache

wenn dann das einfache das komplizierte ist
haben die die das einfache lieber haben das komplizierte lieber
und wenn das komplizierte das einfache ist
haben die die das komplizierte lieber haben das einfache lieber

so haben vielleicht alle alles gern, aber keinesfalls
sollte einer den anderen wegen seiner vorliebe schelten,
sondern ihn gelten lassen
und sich selber auch, das allein
wäre dann erst wirklich schön.

lesung saarbrücken, 15. juli 1988

o wie glücklich ihr mich macht
eine stunde hat der tag
eine stunde hat die nacht
diese eine stunde hier
da ich mich verbunden spür
euch, vor denen ich berichte
was ich weiß, was ich weiß
was ich weiß, sind die gedichte
die ich schrieb, für euch, o freunde
meine liebliche gemeinde.

göttliche komödie

beginnen Sie
mit dem titel?
fast nie, diesmal aber schon.
es ist ein schwerer titel
oder vielleicht
erst schwer und dann leicht
er reicht um die ganze europäische literatur
wie ein ring für jeden liebsten
an den fingern einer jungen frau

graues gedicht

grau
grau wie grau
alles ein bißchen grau
nur grau
alles nur grau
nicht nur sondern grau
grau in grau in grau in grau
und gar nicht traurig

liegendes gedicht

hier liegt, es hat sich
hingelegt, es hat von selbst
sich hingelegt, ein
liegendes gedicht
oder es ist hingelegt worden
jemand hat es hingelegt
und zugedeckt, »da lieg schön brav«, ein
dichter vielleicht

gelegtes gedicht

hier liegt
ein gelegtes gedicht, darüber
brütet ein
dichter vielleicht
vielleicht noch lange

nasses gedicht

das schwimmen hat mir immer sehr geschadet
ich habe niemals gern in meer see teich gebadet
ich fühlte nie des schwimmers todeslust
hab immer stracks zurück zum strand gemußt
mein abscheu gilt auch fließendem gewässer
celan rannte der seine ins scharfe messer
die karpfen blöde aus der donau äugen
von hallenbädern laß ich mich nicht säugen
bei jedem atemzug drängt sich ein wasserguß
in meinen mund bis ich ersticken muß
ich lieber halte mich an trocken holz
fern von des haies und torpedos stolz
auch badehosen trug ich nur mit scham
weil drin mein genital nur wenig raum einnahm

schade um dieses gedicht

o gott wie schade großer
gott wie schade wie schade
verdammte scheiße schade o schade o

... so schade vielleicht auch wieder nicht

dieses gedicht

es ist noch nicht gut
und du mußt daran noch arbeiten
aber es stürzt nicht die welt ein
wenn du es dabei beläßt
es stürzt nicht einmal das haus ein

wort	stein
stein	wort

wort	des steines
stein	des wortes

antwort

stein	der antwort
antwort	des steines

steinigung

beantwortung der steinigung

steinigung der antwort

einmal kann ich schreiben
einmal kann ich nicht schreiben

auf einmal kann ich schreiben
auf einmal kann ich nicht schreiben

einmal kann ich etwas aufschreiben
einmal kann ich etwas nicht aufschreiben

so wird es bleiben
so wird es nicht bleiben

zur stunde

daß dies ich machen tu
und dies ich machen tu
und jenes, jenes
und dieses nicht mehr
mag immer heißen: diese tür ist zu
und jene jene, jene tür ist zu
und wieder eine, wieder, wieder eine
daraus zu uns
doch kamen
gute lieder.
ich weiß ich weiß
und stoß noch eine auf
und noch, und noch eine
woraus es anders klingt
und anders anders klingt
und wieder anders
auf daß zu euch
die frohe kunde dringt
die sich zur stunde
aus meinem munde zwängt.

minor poet

bei zusammengebrochener produktion
sich aufrichten, die jacke nehmen
nach draußen gehen
zu den sich bewegenden
leuten, als wäre man selbst
zur arbeitsstätte unterwegs
oder nach daheim
nicht einfach unterwegs weil das sitzen
wieder einmal nichts erbracht hat.

alternder dichter

nicht immer werden sie mir
alles geschriebene aus den händen reißen
um es zu drucken
sondern sie werden über mich hinwegsehen
über meinen kopf weg nach anderen spähen
und ich werde sie verstehen

ach wie klein ich geworden bin
werde ich mir sagen
keinem verstellt meine stirn mehr den blick
ich bin sehr in mich zusammengesunken
mir ist so bang

diese gedichte

diese gedichte
sind fürchterlich
das sagt er
und das sage ich

meine er meine
meine ich seine
meine er seine
meine ich ebenfalls seine

diese gedichte
sind fürchterlich
das sagt er
und das sage ich

meine er beide
beiden zu leide
meine zu leide
ihm nur seine ich

epik. ein fragment

die sonne steht auf rosenpfoten
...
seine erzähler
sind keinem volke ausgeblieben, o weh
und es schaudert den betreßten seidenspitz, als könnten
sein fell noch manche über den ohren tragen

25. februar 1989

das ist vielleicht
das ende der gedichte
muß aber nicht
des schreibens ende sein

ich denke manchmal
etwas an geschichte
die durch mein leben zieht
könnte zu schreiben sein

doch starb vor kurzem erst
genosse erich fried
nach ihm dann thomas bernhard
auf größere distanz

wer garantiert mir zeit
– ich wünsche keinen glanz –
verstöße gutzumachen
stückwerk ganz

kaisers geburtstag, wir haben
kaisers geburtstag, wir haben
kaisers geburtstag gehabt, sagt
und hat ihn noch erlebt
mein vater

pelz

pelz hieß der mann von dem die kunde kam
die vater mutter mein so oft zu munde nahm
als ich als kind noch klein und weithin untam war
und mir wie pelz noch wuchs mein knabenhaar
und mein frisör hieß summerer

altarbild

der vater reibt mit fester hand
die krem in meine füße ein
vom arzt verschrieben gegen schweiß
dahinter glüht der ofen grün
ich darf mich nicht erkälten

geruch

nichts
niemand
nirgends
niemals
nie

es hielt
an die nase
der vater
den kleinen
nackten
sohn

wie gut er riecht

nichts
niemand
nirgends
niemals
nie

blumen im fenster

unter einer masse, die mich nase
meine mutter hat gelehrt zu nennen
wölbt sich eine masse, die mich kinn
meine mutter hat gelehrt zu nennen

zwischen beiden liegt die weiche masse
die ich spalte und zusammenpresse
wenn ich mich entfalte und vergesse
pelargonien und kapuzinerkresse

daß der wald
er könne
nicht fortsetzen

schöne blumen
als gäbe es
unschöne

wasser wird
getrunken ja
aber die zukunft?

ich habe
irgend etwas
oder ist es vergangen?

berge habe ich bestiegen aber nicht aus eigenem sondern
als ein widerwillig mitgezogenes kind.
an jeder alten mühle machten sie halt; sie lagen
im walde an einem bache und besaßen ein von wasser
gedrehtes rad; ach, und die großen schweren mühlsteine.

immer von sich selbst erzählt
da gibt es nichts zu lachen
hat sich ja nicht die welt gewählt
nur ein paar spiel-sachen

der gabentisch

ich stehe stumm
um den ganzen tisch herum

darauf liegen die vielen gaben
lauter nebensachen

wer hat sie mir gegeben?
mein leben

haderlump

hätte es nicht heißen sollen
hadernlump, der mit hadern
handelnde
lump?
doch ich erinnere mich genau
(immer traf es mich): du
haderlump!

advent

wenn der advent kommt
und wir den adventkranz
und den schönen adventkalender
und den ersten adventsonntag
und das jesuskind aus wachs

in der küche ist es kalt
ist jetzt strenger winter halt

mütterchen steht nicht am herd
und mich fröstelt wie ein pferd

gehen schauen ob schneeglöckchen schon
kommen seien in parken, läuten den
frühling ein

und dann da werden sein primeln und veilchen und
fliederbuschen lilae und weißen
und mit dem triton wieder werden fahren ich
und läuten mit den glocke von triton

ein wort und ein wort – so nebeneinander

es ist plötzlich da
zum beispiel ein winter
frühling so fern
steht schon dahinter

und dazwischen ist nichts
doch darin ist alles
was bis dorthin
zu ende sein kann

knaben, in sommerlicher landschaft

die gabel etwa. etwas.
die gabel etwas.
die gabel etwas sticht. ein langer
anlauf. dann
der sprung.
die heugabel; sticht etwas.
dem kleineren
der nabel
zwecklos schien.
so brachten wir die tage her und hin.

scheer

herr scheer es gab ihn doch er kommt mir nicht
zurück in mein erinnerungsgesicht
indes frau scheer schwarz mittelgroß fast dick
vermutlich immer gut für gattentreuen fick
mit schwerem jüdischem akzent auf deutscher sprach
vor meiner mutter sich den kopf zerbrach
wie allen uns gemeinsame familiensachen
zu regeln seien nämlich recht zu machen
während sie leibchen höschen polohemden legte
wo meine mutter sie zu prüfen pflegte
bis nebenher sie bunten katalog
unterkleiddamen vor mein bruder zog
doch robi sagte nein das mag ich nicht
die mutter oft lobte den sexverzicht
dies sei es was an juden nicht gut sei
daß sexuelles sei bei ihnen allzu frei
bis dann auf deren ladenfenstern JUDE stand
herr scheer frau scheer wer sonstnoch still verschwand

skizze 1942

o du mein ellend edellicht
die schöne geschichte kommt ihr nicht
das ist eine schöne geschichte ...
wie sie danach sucht
und wie danach flucht
und wie ich danach fluche und suche
sie kommt ihr nicht sie kommt ihr nicht
und der knabe geht zum apotheker
und er kauft einen irrigator
mit scheidenrohr mit scheidenrohr
und der apotheker steht groß davor
mit riesigen augen, ein scheunentor
und ringsum blitzen die haubitzen

die garbe

herbert humula gedenkend

wie kam mein vetter herbert denn
der die waldstein-sonate so schön
zu seinem nabelbruch und nicht ich

doch wurden beide repariert
im jahre 43
gleich nach dem abitur

bei mir die mandeln mußten raus
die jeden winter eiterten
wie gut darauf die weiteren

nur daß die chance ich nicht bekam
zum sprung in jene garbe
die unseren herbert zersiebte

vogelgeist

wir wissen nicht wie sehr
vogel dem vogel geht ab
du grubst am morgen ihm sein grab
nachdem in der nacht er
seinen geist aufgab
es war ein geringer geist
ein vogelgeist und gar lange
hatte ich nicht daran gedacht
daß man sagen kann: den geist aufgeben
wenn man sterben meint
so ist gar alles wohl gereimt

der englische gruß

wenn ich in den strümpfen steh
seh ich gott aus nächster näh

stehe ich auf baren sohlen
wird mich gleich der teufel holen

in geputzten schuhen bin
ich am nächsten dem ›come in‹

das die erde englisch sagt
auch wenn man sie deutsch befragt

die kirche

die kirche auf dem berge hoch
steht oben. der pfarrer geht
ein und aus dort. und vertritt
gottes wort
mit seinen beiden nimmermüden
füßen.

der westliche gott

großer gott wir loben dich
herr wir preisen deine stärke
vor dir neigt die erde sich
und bewundert deine werke
großer gott wir loben dich
denn mit deinem ersten arm
herr wir preisen deine stärke
hältst du fest an dich uns christen
vor dir neigt die erde sich
denn mit deinem zweiten arm
herr wir preisen deine werke
preßt du uns marxisten an dich
großer gott wir loben dich
und bewundern deine stärke

geistliches lied

überall wohin ich späh
seh ich engel in der näh
außerhalb der schranken mein
werd ich wohl verlassen sein
schranken baute mutters hand
eh der tod sie überwand
sie nur kannte gottes land
ach, es raubt mir den verstand

ach, es raubt mir den verstand
sie nur kannte gottes land
eh der tod sie überwand
baute schranken mutters hand
nie werd ich verlassen sein
außerhalb der schranken mein
seh ich engel in der näh
überall wohin ich späh

mein vater und seine mutter:

wie hat er können trennen
von seiner lieben mutter sich
für immer und mit tränen

meine mutter und ihr vater:

wie hat sie können trennen
von ihrem lieben vater sich
für immer und mit tränen

mein vater und meine mutter:

wie hat er können trennen
von seiner lieben gattin sich
für immer und mit tränen

mein vater und ich:

wie hab ich können trennen
von meinem lieben vater mich
für immer und mit tränen

augenzeug

ich sehe was ich sehe
und gehe darin ein und aus
wenn ich die fliege nicht mehr sehe
dann seh ich noch die maus
wenn ich die maus nicht mehr sehe
dann seh ich noch den hund
wenn ich den hund nicht mehr sehe
dann seh ich noch das pferd
wenn ich das pferd nicht mehr sehe
dann seh ich noch den elefanten
wenn ich den elefanten nicht mehr sehe
dann seh ich noch das empire state building
und gehe darin ein und aus
und sehe was ich sehe

puchberg/schneeberg juli 87

daß du verwüsten mir nicht
meinen augen tust sollen
wenn oft ich auch sagen: pfui welt
ich es sehen dennoch wollen
was da sein an denen sichtbaren
vornehm schwan und nachen fahren
auf teichen gleichsam kleinen seen
wo enten von hinten spitz herausstehen

im park

bitte ist hier frei
nein hier ist besetzt
danke
bitte ist hier frei
nein hier ist besetzt
danke
bitte ist hier frei
nein hier ist besetzt
danke
ist hier frei
nein hier ist besetzt
danke
ist hier frei
hier ist besetzt
danke
ist hier frei
nein besetzt
danke
bitte ist hier frei
nein
danke
hier frei
besetzt
danke
ist hier frei
nein hier ist leider besetzt
danke
ist hier frei
bitte
danke

frei und schlecht

ich bin frei und mir ist schlecht.
warum sollte mir nicht schlecht sein?
freilich sollte mir schlecht sein, und es ist mir auch schlecht.
es könnte mir allerdings auch nicht schlecht sein.
dann würde ich sagen: ich bin frei
und mir ist nicht schlecht.

mein körper   sage ich   damit habe ich zu tun
mein körper   sagt mein körper   damit habe ich zu tun
mein körper   sagt mein körper   damit hat mein körper zu tun
ich   sage ich   damit habe ich zu tun
ich   sage ich   damit hat mein körper zu tun
ich   sagt mein körper   damit hat mein körper zu tun
mein körper   sage ich   damit hat mein körper zu tun
ich   sagt mein körper   damit habe ich zu tun

wo in mir der zeisig haust
zischt ein naß von kahlen wänden
mischt sich mit dem fluß, der rauscht
und die löwin hält und lauscht
ob denn nie die wüsten enden
die ein magisch luftbild senden
mir, der staub mit staub vertauscht
bis der wind den vorhang bauscht
dran die zarten mücken hängen

hier wollt ich nicht sein noch wohnen
wo des niesens explosionen
jeden schritt ins haus begleiten
\- - - - - - - - - - - - - - - - - -
\- - - - - - - - - - - - - - - - - -

staubfederchen
auf dem boden überall
bald werdet ihr euch sammeln
zu einem staubvögelein
und mir in mund fliegen
und in der kehle
mir lustig flattern

1

am morgen erblicke ich
rings um mein bett
die spuren des kampfes
zwischen mir und mir

2

der staub ist nicht laut
doch ich mag es laut
der jazz, den ich liebe
ist keine leise braut

der staub, den ich liebe
ist der zimmerstaub
meine leise braut
an der ich langsam ersticke

dreizeiler

ich habe ja fast keine kinder
also um himmelswillen
wie pflanz ich mich fort?

wenn es die zahl

sooft ich mich bücke
entsteht eine lücke
ich kann nichts dafür
sie ist der mücken tür

fliegen sie hinein
oder fliegen sie heraus
vermutlich beides
und ich erleide es

welch ein brausen …

nachtstück, mit blumen

im zimmer, drin ich schlafe
will keine blumen ich.
dem schläfrigen zur strafe
bewegt die fliege sich
wenn sie der blumen duft
zu sich ins zimmer ruft.
die blumen sind lebendig
lebendig bin ich auch;
die fliege ist es auch noch
und tot ist nur der rauch
den ich durch mund und nase
aus meiner lunge blase
die fliege zu vertreiben.
die will bei blumen bleiben
und wird dann mich entdecken.
die fliegenklappe hebend
steh ich im nachthemd bebend –
nie hat die fliege lebend
und dauerte es stunden
den weg zurück gefunden
wo fliegen der geschmack
liebender fliegen packt.

drei freunde

wenn der franzel zu mir kommt
weiß ich was ich sag
er hält die hand hinters ohr
weil er mich so schwer versteht

wenn der paulel zu mir kommt
weiß ich nicht was ich sag
ich halte die hand hinters ohr
weil ich ihn so schwer verstehe

wenn der paulel zum franzel kommt
weiß keiner was er sagt
beide halten die hand hinters ohr
weil jeder den andern so schwer versteht

wenn ich zu paulel und franzel komm
weiß ich was ich sag
beide halten die hand hinters ohr
weil mich beide so schwer verstehen

wenn paulel und franzel zu mir kommen
weiß ich nicht was ich sag
ich halte die hände hinter beide ohren
weil ich beide so schwer verstehe

der unerwünschte

ich geh ja schon
er geht ja schon
er ist ja schon fort
er war garnicht hier
er war ja überhaupt nicht hier
aber hat nicht einer ich gesagt
wer hat denn da ich gesagt
ich hab ich gesagt
da ist er ja immer noch
ich geh ja schon

toast

und wenn sie ihn küßt
dann wird sie eben
auch whiskey küssen

und wenn sie ihn nicht küßt
dann wird er eben
ohne kuß trinken

kopf

dies sei
ein kopf
mit trunkes
farbenprunk
auf massigem
körpers quader

unter druck
entfahre ihm
wort-peinigung

so gereinigt
heule er sich
ins trinkgewitter
o du bitterer
konsum

das tuch

das ist ein taschen-
nein ein kopf-
vielleicht ein staub-
vielleicht ein hand-
vielleicht ein hals-
ein spitzen-

das stück, darin
ich keine rolle spiele
ist meines.

ohne glück und trauer
geht es, den abend lang, dahin.

die bühne ist
nach keiner seite offen
kein publikum zu fürchten, zu erhoffen.

ich häng an einem ast
die hand ist mir schon steif
der zweite ast, die zweite hand
sind weit.

vielleicht bin ich entzweit
mit mir und meiner zeit

der mann weint

ein junge weint nicht!
erst der mann soll weinen
wenn er um sich blickt
und die immer noch ihn liebende
gefährtin, ihm mut zu machen
spricht: das ist *dein* werk!
der mann weint.

die trennung

als schlüge
auf mich mein herz, als schlüge
es ein auf mich. die trennung
benötigt eine peinigung oder
eine befreiung. sonst es
nicht trennung war, nur
auseinander ohne
ineinander.

die beiden hunde

ich reiße mir einen hund aus dem kopf
und einen zweiten hund aus dem darm
dann stelle ich die beiden nebeneinander
oder lege sie nebeneinander hin, falls sie nicht, oder noch nicht
zu stehen imstande sind
oder lege den einen neben den andern, der stehen kann
oder ziehe sie auf, falls schlüssel dabei sind
oder ziehe nur den einen auf, bei dem ein schlüssel sich findet.
nein, es kann mir nicht gleichgültig sein
ob sie lebendig sind oder nicht
oder welcher von beiden es ist, wenn einer es nicht ist;
ob es künstliche oder ganz natürliche hunde sind, beide oder
einer davon;
welcher rasse, welchen alters und welchen geschlechtes sie sind
nämlich jeder für sich, es sind schließlich keine zwillinge;
und sie mögen auch von hinnen rasen, beide oder auch nur einer
und mich über beide oder den einen im zweifel lassen
wobei ich überhaupt daran zweifeln muß
ob und wie oft mir ein solches wunder nochmals gelingt.

überlegung einer möglichen begegnung

wie stell und zu wem
ich mich hin und was
sag ich zu dem zu dem
hin ich trat falls der
blieb wo er stand als ich
zu ihm trat als nähm
ich ihn bei der hand und was
sagt er dann wenn zu ihm
ich sag was ich sag

nach hause kommen

öffnet die tür sich
lacht sich entgegen
umarmt sich
küßt sich
springt an sich hoch als das kind
springt an sich hoch als der hund
streichelt sich den kopf
nimmt die tasche sich aus der hand
hilft sich aus dem mantel
erzählt sich was alles war draußen
hört sich zu wie alles war zuhaus

die meldung

jetzt habe ich
für uns alle
essen geholt

und wer sind das
wir alle

das bin ich –
– – –

kursus

um wurst zu machen
bedarf es eines kurses
viele besuchen diesen kurs
aber wenige machen danach eine eßbare wurst
(relativ wenige)

um durst zu machen (nicht: zu haben)
bedarf es eines kurses
viele besuchen diesen kurs
aber wenige machen danach z. b. coca cola
(relativ wenige)

die ernährung ist überhaupt
ein kapitel für sich
einfach doppelbödig:
wie ernähre ich mich und
wie ernähre ich dich
(the farmer and his wife)

auch die ertränkung ist
ein kapitel für sich
ebenso doppelbödig:
wie ertränke ich dich und
wie ertränke ich mich
(*warum* vor allem)

die hose haltend

den einen ist bekannt er als
das untier das in telefonen haust
ein einzig zeichen – schon
meldet sich der hundesohn.
den andern ist bekannt er als
der dauernd reisende, den nie
am telefone man erwischt; während vielleicht
er bloß in nebenstraß sein postfach leeret
nebstbei sein vorrat wein und wurst vermehret
oder nur notdürftig gereinigt zurück ans telefon zappelt
die hose haltend und die welt verfluchend

hinlänglich, also: daß es langt; ich lange
nach einem sandwich, mit fisch – immer
mich anzieht fisch (ich: kein schwimmer)
und ohne bangen, whiskey glas um glas
denaturiert durch mineral water, soda
water, naß, to wet the throat, mein after
nicht brennend, keine kerzen, fuhrmannslos
und es treffe den dröhnenden – länglich
ein herz in rippen

die klagenden dinge

die klagende seife, meingott, die weiße
  klagende seife, und das weiße
klagende waschbecken, das klagende
  waschbecken, und darüber
der klagende spiegel, mich
  sehend, der klagende spiegel,
und die klagenden
  handtücher, durcheinander
  geworfen die klagenden
  handtücher, welches wofür?
und die klagende
  tür, die unge-
  ölte klagende tür, wohin
  geht sie auf wie der mond, gegen wen
  schließt sie? und die bäume, die fernen
bäume, wohin
  klagen sie? und ihr laub,
  und ihre früchte. mein stempel
trägt ein postfach, die klage
  lautet: zwei zwei sieben.
ich habe mich erhoben; ich bin
  zu boden geblieben.

es hat mich umgeschmissen
mein leben ist zerrissen
ich will von nichts mehr wissen
da meldet sich das pissen
und zerrt mich aus den kissen

die hauptsache

die hauptsache ist
ich habe geschlafen
wenn ich wach bin

die hauptsache ist
wenn ich wach bin
ich werde schlafen

daß ich schlafe
ist die hauptsache
wenn ich schlafe

ich werde schlafen
ist die hauptsache
wenn ich wach bin

verbraucht sein möchte der unbrauchbare
schiebt vor sich her seine kratzenden augen
in seinen ohren unaufhörlich das klingeln
der vorbeiziehenden frauen

auf seinen wegen kratzen seine augen dahin
in seinen ohren unaufhörlich klingeln
die vorüberziehenden frauen, blind
nur wenn sie ihn sehen, das frühlingskind
das verdorbene. er steht nicht
heraus, nicht hinein; schlimmer
als tot.

victory

das husten des alten mannes
lieblich durchdringt sein tagewerk
worin besteht es? in intervallen
läßt es ihn auf die couch fallen
mitsamt seinen wütenden gedanken
dem schweren kampf in seinem kalkkopf
zwischen dem einstigen jetzt und dem jetzigen einst
bis ihn der husten erneut hochblockt
der sterbespecht auf seine glatze trommelnd

die freude an mir

die freude an mir
läßt nach. bei wem?
denen ich die hand nicht küsse?
denen ich in den arsch nicht krieche?
denen ich die fut nicht lecke?
die ich nicht vögle?
deren gruß ich nicht erwidere?
deren brief ich nicht beantworte?
deren einladung ich ausschlage?
denen ich als lach-dichter nicht diene?
mit denen ich nicht auf demonstration gehe?
mit denen ich nicht auf opposition mache?
denen ich keine texte gebe?
denen ich nicht meinen namen gebe?
die ich nicht aufs dichter-roß hebe?
denen ich nicht als protagonist diene?
denen ich sage: eure texte sind dreck?
denen ich sage: hände weg von der literatur?
denen ich sage: ihr kotzt mich an?
denen ich sage: geht scheißen?
die freude an mir
mag an allen verschwinden.
mir muß sie bleiben.

selbstporträt am 22. januar 1984, sonntag

und fast schon elf (das telefonverhör)
werde jetzt weggehen – vielleicht zu
»letztes jahr in marienbad« (matinee)
(ein seit-wochen-thema, er nicht
wiedersehen wolle diesen, wolle über-
haupt keinen kunst-film wolle crime &
horror / was ein banause doch ... /)
solle nur gleich wieder zu bett NEIN!
und irgendwann später wieder telefonieren

geh doch nicht ins porno-kino

weißt, sagt auf dem rennweg helga
wenn du nicht
eine fut hast zur verfügung
dann erst gehst ins porno-kino
weiß der franz, was helga spricht?
sie weiß, franzi hört es nicht.
ist sie, die mit franz verheirat
durch ihn schon beenkelt ist
ist sie jetzt so frei für franzens
absteifung von ehen's norm
daß nicht ihre, sondern jede
fut das gilt, was porno nicht
halten kann, wenn auch verspricht?

das schach

das schach geht immer gleich an
nämlich immer auf ungefähr die gleiche weise
und dann beginnt eine lange umständliche reise
die immer auf ungefähr die gleiche weise endet
solange sich das blatt nicht wendet
worauf seit jahren schon hofft
der unermüdliche schachspieler

plan

des sonntags schöne pflicht
führt mich zur kirche nicht
doch wäsche vorbereiten
gehört zu sonntags plan
(ich lege einen plan
für jeden tag der woche
wöchentlich einmal an;
darauf steht nie: ich koche.)

leise unruhe

an ruhigen tagen
sitzen und fragen:
geht es immer so weiter?
geht es immer so weiter?
geht es immer so weiter?
geht es immer so weiter?
geht es immer so weiter?
geht es immer so weiter?
geht es immer so weiter?
ach ginge es doch immer so weiter

auch mit dem wein
hab ich immer die hoffnung
vielleicht wird es besser
vielleicht wird es besser
vielleicht wird es besser
vielleicht wird es besser
vielleicht wird es besser
vielleicht wird es besser
vielleicht wird es besser
und es wird nicht besser

mein bein tut noch weh

den schwestern der 3. abt., LBUKH

die schwestern
von gestern
die leute
von heute
die sorgen
um morgen
mein bein tut noch weh
ach ich kehre um
ach ich kehre um
ach ich kehre um
ach ich kehre um
ohne sorgen
um morgen
ohne leute
von heute
zu den schwestern
von gestern
ach ich kehre um

junger sperling

mein bißchen lebensglück
fliegt zu mir zurück
es liegt in meiner hand
als zitterndes unterpfand
für die dräuenden beschwerden.
und es will abend werden

gegen abend

der namen sind zu viele
als daß ich sie mir merkte
der tag der guten werke
geht endlich zu ende
gar viele hände regen sich
beim schließen der märkte
nasse flecken auf dem pflaster
papierfetzen treiben im wind

herren legen den smoking an
am rühren viele köche sind
falten verschmieren, den busen heben
die damen leben dem ende entgegen
es schwebt der schuh, das auto braust
an die festliche stätte
du stehst und schaust

alte gesichter

der blick der mädchen fliegt zum himmel
der jungen männer auge pfeilt
kinderauge flattert schmetterlinge
straßen geh ich und schau
in alte gesichter
worin ein ernst und nicht ausweichend auge
durch meinen blick geht

tramway

schöne junge damen springen auf
wenn ich mich durch die tramway rauf

mutter berührt das töchterlein
laß alten herrn nicht stehend sein

betagte dame reagiert geschwind
ich steig schon aus bleib sitzen kind

steinerner miene ich setz mich hin
wenn ich schon als greis erkennbar bin

zwei erscheinungen

ich werde dir erscheinen
wie stets ich erschienen dir bin
und du wirst weinen
denn ich bin dahin

und du wirst mir erscheinen
wie stets du erschienen mir bist
und ich werde weinen
weil zwischen uns beiden
zu sagen nichts mehr ist

sentimental journey

als ich 20 war
als ich 20 war

als ich 30 war
als ich 30 war

als ich 40 war
als ich 40 war

als ich 50 war
als ich 50 war

als ich 60 war
als ich 60 war

jetzt
bin ich gespannt

aus der dichtung großem glück
langsam zieh ich mich zurück
oder tue einen schritt
der mein dichtersein zertritt
nur den lesern bleibe ich
noch ein weilchen dichterlich

ulcus

ich spüle meinen mund
mit scharfem whiskey aus
damit den nachmittag
ich nicht zum doktor kann
wenn sie getrunken haben
nehm ich sie garnicht dran
ob er so spräche weiß ich nicht
doch nehme ich es an
vergesse auszuspucken
gescheitert ist mein plan
an voreiligem schlucken
fülle des mundes höhle
erneut mit whiskey an
und will durch konzentrieren
ihn nicht mehr so verlieren
daß er mir in den magen kommt
dem der whiskey nicht frommt

anatomisches selbstbildnis

zwei brustwarzen stehen mir zur verfügung
verdammt noch mal ich brauch sie nicht
zwei brustwarzen stehen mir zur verfügung
das hat ein anderer getan nicht ich
überhaupt was ich so alles an mir habe
und überhaupt erst das zeug in mir drin
das muß ein affe vergessen haben
ein sehr vergeßlicher affe

der zahnarzt bohrt und bohrt und bohrt
immer in ein und demselben zahn
bis er ihn endlich ziehen kann
dann kommt der nächste dran

hohe kunst

für harry ertl

der zähne putzen nicht erleichtert wird
durch zahnprothese, die herausgenommen
zuerst gebürstet wird, dann die restzähne
die zahnprothese dann an ihren platz gedrückt

es führt auch umkehrung ans selbe ziel
die zahnprothese wird herausgenommen
restzähne werden erst, dann die prothese
gebürstet, sie darauf an ihren platz gedrückt

vom oberkiefer hier die rede ist
der unterkiefer ist prothesenlos
wenn auch die rechte hälfte beinah zahnlos

macht erst den unterkiefer zahnprothese jung
wird alles doppelt schwierig. hohe kunst
erst dann wird des gebisses reinigung

die scheißmaschine

großteils die scheißmaschine steckt in dir
du wunder mensch, verwundetes mirakel
du nicht ihr ingenieur, nicht ihr erfinder
doch ihr besitzer, nutznießer und pfleger

vom munde führt der lange weg nach innen
durch röhre, ranzen und durch windungen
die du nicht gerne läßt ans freie zerren
außer um krebs den weitergang zu sperren

für nas und zunge köstlich different
treten in dich, o mensch, die speisen ein
dein organismus sich mit leben füllt
und ebnet ein, was aus dem arschloch quillt

von hier an hast die scheißmaschine du
geliebt-gelobter mensch in deine hand genommen
muscheln gebaut, um stöhnend drauf zu sitzen
kanäle angelegt, darin die ratten flitzen

mit engeln

auf straßen geh ich nur im schutz von ärzten
sobald ich mit zerbrochenen beinen liege
schlendert ein mensch zum nächsten telefon
meldet der rettung einen hundesohn
der winselnd auf dem pflaster klebt
    hebt mich auf die bahre, engel
    schaffet mich ins hospital
    wo die edlen ärzte warten
    zu beenden meine qual

auf straßen geh ich nur im schutz von ärzten
sobald ich krächzend mich zum tanze biege
die arme flatternd und die zunge fliegend
erhebt sich ein geschrei nach polizei
so viele dunsten, der läuft frei herum
    nehmt mich in die mitte, engel
    steckt mich in die enge zelle
    bis der gute doktor eintrifft
    der mich streichelt, wenn ich belle

auf straßen geh ich nur im schutz von ärzten
sobald ich explodierend blut und scheiße
platzender hose in die menge jage
tritt eine große schöne frau zutage
die der meute das wüten verbietet
    »ich bin deine ärztin, mein engel
    und du hast getan, wie du mußtest
    komm auf meinen arm, ich nehme dich heim
    mache dich rein, geb dir die brust
    mein süßer, mein lieber, mein kleiner«

doktorgedichte

»der onkel doktor hat gesagt,
ich darf nicht küssen«
(schlagertext)

und wenn sie krepieren daran
sie werden einnehmen was ich ihnen verschreibe
und die dosierung die ich anordne strikte einhalten
ich weiß dann wenigstens welche eintragung
in ihren totenschein kommt

–

also gut, sie haben in mir
einen blöden hund zum arzt
so wie ich in ihnen
einen blöden hund zum patienten habe
ich würde das als einen durchaus
ausgewogenen zustand bezeichnen

–

wenn es sie danach verlangt
nun dann lassen sie sich eben noch
von dem und von dem und von dem untersuchen
und vergessen sie bitte nicht
jedem dieser elenden stümper
meine allerbesten grüße auszurichten

–

gerade *weil* ich zum freundeskreis
ihrer werten stiefmutter zähle
sollten sie sich schämen, an mich als arzt
ein solches ansinnen zu stellen.
leute wie sie
werden heute dringend an der front gebraucht
wo sie im nu, das garantiere ich ihnen junger freund
von ihrer sie jetzt so beunruhigenden
nervenschwäche kuriert sein werden.

kleines geriatrisches manifest

ein oder zwei jahre
gezügelter lebenslust
dürfen sie mit zweiundsechzig
sich wohl noch erhoffen. onanieren
werden sie wie bisher auch, vielleicht
nicht ganz so flott, nicht ganz so oft
als in ihren besten jahren.
was sie derzeit
als ihren geistigen verfall
zu erleben glauben, wird
durch ihren physischen verfall
mehr als wettgemacht. derselbe ist
so evident, daß sie überall
komplimente für ihre geistige frische
einheimsen werden. wobei man ihnen schonungsvoll
zum allernächsten sessel hilft.

nach der reise

was hast du gemacht heute?
ich habe mein medizintäschchen ausgeräumt heute
du weißt, von der reise.
den ganzen tag lang?
du mußt denken, die reise
hat zwei tage gedauert, mit zwei
flügen – da kann man sehr krank werden.
du bist doch schon krank.
siehst du, das kommt noch dazu.

sittich

lorenz böhler unfallkrankenhaus
wien 1987

ich habe
kein gewicht.
so trägt mich
schwester anna
auf ihrer hand
wie einen sittich
hoch nach oben
und zeigt mir
durch große fenster
den blick auf die stadt.
der weg nach unten
macht mich schwer.
schwester annas hand ist leer.
ich humple
an ihrer seite
in mein zimmer.

anruf

wie schlecht es um dich steht
erwartete ich nicht zu hören

laß dich von mir nicht stören
eh es dir besser geht

verzeihe meinen anruf bitte
er wird nicht wiederholt

stehst du erst auf festen beinen
erwarte ich deinen

die beine

so, jetzt wollen wir einmal
deine beine messen.
wie alt sind diese?
zusammen 126 jahre.
und wieviel wiegen sie?
es mag an dieser axt liegen
daß ich sie noch nie
vom rumpf gebracht.
ringsum das blut
zeugt vom bemühen.

painful love

the leg is not loved
the leg is not loved, oh no
the leg is not loved – cut it off

the arm is not loved
the arm is not loved, oh no
the arm is not loved – tear it out

the chest is not loved
the chest is not loved, oh no
the chest is not loved – beat it flat

the head is not loved
the head is not loved, oh no
the head is not loved – chop it off

a little english

nie würde er dabei
an schuhe für die hand denken
kaum je an »loves«, he loves, she loves
auch nicht an »love«, my love, i love you, do you love me?
obwohl, was er tut, wenn er sie überstreift
viel mehr an lieben erinnert als die lange reihe
vom berg- bis zum lackschuh, die er füllt
mit den tieren, die er seine füße nennt.

handschuhe, gloves

man/frau denkt dabei nicht
an schuhe für die hand
man/woman rarely drops
a gee for love or loves
hand-shoes seems suitable
only for harsher german
man/frau verwendet nicht
klieben zum fingerwärmen

duft

es stinkt der mensch, solang er lebt
von arschloch, mund und genital
auch achselhöhlen wirken mit
fußsohlen detto, schleicht er aber
einmal pro jahr friedhof besuchen
stinkt garnichts nach der langen langen zeit
der mamas, papas, opas, omas
und ur- ur- ur-, die da begraben liegen
und auch die großen steinmetzbrocken
die an den meisten gräbern hocken
sind bekanntlich geruchlos, nicht einmal die erde
verbreitet gestank, obwohl sie die pflicht dazu hätte
wo in ihr doch die verwesung tobt
was noch dazu lautlos geschieht
anstatt unter brucknergetöse –
nur die besucher verbreiten, soweit es geht
den süßen aasgeruch der pietät
wenn sie dort herumschleichen
einmal pro jahr, allerheiligen, allerseelen
zum zeichen ihrer perversen leichenliebe

die schwester muß

ist sie eine krankenschwester?
ist sie eine klosterschwester?
ist sie gar eine geistliche krankenschwester?
die schwester muß.
sie muß die nuß der buße sprengen.
oh hätten wir der länge nach
ihre liebe in unserem bett gehabt
wir wären früher genesen.
der eine ist am kreuz gewesen
der zweite wird von den henkern erwartet
der dritte hält sein zartes leben
über dem erdbeben fest in seiner verwackelten hand.
polaroid, polaroid, als hätten
wir es gewollt. doch die attrappen
unseres willens zittern
an den ewigen weiblichen rittern, die verbunden sind
mit unseren müttern und großmüttern und gattinnen, die
unser leben erschüttern, die
uns verbittern und uns
ein asyl gewähren, ach hätten wir doch
unsere arme um sie, ihre arme
um uns, daß gottes lied
erströme gunst um gunst.

kammersängerin

ihre macke: die makellose stimme
atemlos, ganz stummheit; zahnlos, dennoch
makellos, die stimme, auch ohne jede
zunge; kein wunder, sondern: ihre macke, trotz
kehlkopfkrebs: die makellose stimme, angenagelt
ihre augen an die beiden füße christi, ihre lappenohren
verdrahtet zur linken und zur rechten
mit den beiden schächern

gute kur

eine gute kur von rosen
ihre dornen dir in die augen gepreßt

eine gute kur von krähen
flatternd in deinen schlund gezwungen

eine gute kur von mäusen
stück um stück dir ins arschloch gestopft

eine gute kur von specht
der dir in den nabel klopft

älterndes paar
ein oratorium

»du alter arsch«, sagt sie
»du wirklich alter arsch«
    sie hatten sich geliebt wie vordem nie
    zwei menschen einander geliebt hatten
»du alter arsch«, sagt sie
»du wirklich alter arsch
  total verkalkt dein hirn
  total verkalkt«
    sie hatten sich geliebt wie nachdem nie
    zwei menschen einander geliebt hatten
»du alter arsch«, sagt sie
»du wirklich alter arsch
  total verkalkt dein hirn
  total verkalkt
  du schwein dem seine pisse tropft
  vom hosenbein und merkt es nicht«
    sie hatten sich geliebt so tief
    ihr leben ist ihr lieben, dachten alle
»du alter arsch«, sagt sie
»du wirklich alter arsch
  total verkalkt dein hirn
  total verkalkt
  du schwein dem seine pisse tropft
  vom hosenbein und merkt es nicht
  und sitzt im dünnschiß auf der beiselbank
  wegrücken alle, ich nur, im gestank, bleib neben ihm«
    und hatten sich verliebt so wild im mai
    daß keiner der er war, sondern der andre sei
»du alter arsch«, sagt sie
»du wirklich alter arsch
  total verkalkt dein hirn
  total verkalkt
  du schwein dem seine pisse tropft
  vom hosenbein und merkt es nicht
  und sitzt im dünnschiß auf der beiselbank
  wegrücken alle, ich nur, im gestank, bleib neben ihm
  schlepp dann durch straßen ihn, den zuber dreck
  schmeiß ihn aufs angeschissene doppelbett«
    ja, liebe wie sie diese zwei erfaßt
    ist haut und fleisch, gehäuse, kern und saft
»du alter arsch«, sagt sie
»du wirklich alter arsch

total verkalkt dein hirn
total verkalkt
du schwein dem seine pisse tropft
vom hosenbein und merkt es nicht
und sitzt im dünnschiß auf der beiselbank
wegrücken alle, ich nur, im gestank, bleib neben ihm
schlepp dann durch straßen ihn, den zuber dreck
schmeiß ihn aufs angeschissene doppelbett
reiß mir vom leib die fetzen und schrei: fick!
fick mich wie einst im mai, bis hin zum doppelschrei«
  wir setzen uns mit tränen nieder; flieder-
  duft drückend schlägt sich aufs gemüt
»du alter arsch«, sagt sie
»du wirklich alter arsch
total verkalkt dein hirn
total verkalkt
du schwein dem seine pisse tropft
vom hosenbein und merkt es nicht
und sitzt im dünnschiß auf der beiselbank
wegrücken alle, ich nur, im gestank, bleib neben ihm
schlepp dann durch straßen ihn, den zuber dreck
schmeiß ihn aufs angeschissene doppelbett
reiß mir vom leib die fetzen und schrei: fick!
fick mich wie einst im mai, bis hin zum doppelschrei
reiß ihm die hosen auf, er steht ihm nicht
steck ihn mir bis zur gurgel ins gesicht«
  ach scheiße, wie die liebe oft sich zeigt
  wir hatten so gehofft, daß sich der tag nie neigt
»du alter arsch«, sagt sie
»du wirklich alter arsch
total verkalkt dein hirn
total verkalkt
du schwein dem seine pisse tropft
vom hosenbein und merkt es nicht
und sitzt im dünnschiß auf der beiselbank
wegrücken alle, ich nur, im gestank, bleib neben ihm
schlepp dann durch straßen ihn, den zuber dreck
schmeiß ihn aufs angeschissene doppelbett
reiß mir vom leib die fetzen und schrei: fick!
fick mich wie einst im mai, bis hin zum doppelschrei
reiß ihm die hosen auf, er steht ihm nicht
steck ihn mir bis zur gurgel ins gesicht
bring ihn, bei halber erektion, zum spritzen

ersticke fast an solchen schicksals witzen«
   heldin der liebe du, wir lieben dich
   wenn er nicht wär, schmücktest du straßenstrich
»du alter arsch«, sagt sie
»du wirklich alter arsch
total verkalkt dein hirn
total verkalkt, banause!
du schwein dem seine pisse tropft
vom hosenbein und merkt es nicht
und sitzt im dünnschiß auf der kirchenbank
wegrücken alle, ich nur, im gestank, bleib neben ihm
schlepp ihn dann durch das mittelschiff zur kommunion
drück ihn ins knie, wo er den mund aufreißt
die hostie vom finger des geweihten beißt
zieh ihn dann heimwärts, diesen zuber dreck
drin jetzt ein goldenes licht vom himmel steckt
schmeiß ihn aufs schwarzgeschissene doppelbett
entblöße meinen leib und schrei: fick mich
wie du es immer tust, seit zwanzig zähen jahren
mir nie mehr in die fut, stets in den mund zu fahren
reiß ihm die hosen auf, ziehe sein schlaffes ding
mir in den mund, wo an volumen / es wenig nur gewinnt
denke an blumen, die er bringt, der göttliche flaneur, bis fast
erstickt ich bin an seinem jähen samen
obgleich von diesem nur / drei tröpfchen kamen;
er bietet mir, nun meine fut zu lecken
doch wüßt ich nicht, zu welchem zweck«
   so sehen wir, mit dick verquollenen lidern
   wie liebe sich durch liebe stets erwidert
   und auch die älterkeit viel offen läßt
   was onanistinnen noch hoffen läßt

möbel

die onanistinnen, so froh und heiter
möbeln an ihren kitzlern weiter;
die onanisten ebenfalls
an schwanz, hoden, arschloch.
es kommt noch in mode
(es war immer in mode)
aber jetzt ganz besonders
als reaktion auf
AIDS

first aid
(erste hilfe)
unaided, single-handed
(ohne AIDS, ohne hilfe)
onanie, mit beistand

der langsam gehende mensch

so als ob die kotze den mund
gefunden nicht hätte, statt dessen
eingesickert wäre in das kinn und die wangen
und in die zunge, die immer ein stück heraussteht

schmieren

schmieren
sein ein lächelndes
ein aus antlitz
scheißendes

mitten heraus sich verbreitenen
kräusselnen munnenden, lippenen
und hier das knochenkopf
gepolsteren seien mit einen wangenen
zwei-einen wangenen, rouge, rouge
und sein einen schmierenen
sung-sang

»wos schmias denn so glaana, kumm
und hupf in mai lecherl rein –
i bin die depperde oede
die depperde oede frau dood«

verrottetes brot

verrottetes brot
esse ich mich
etwas, das aus der erde kam
glühend wachsend
grünend rot

der bäcker bröselt die maus in den teig
und ich bin tot, ja
totes brot

da mittun ich nicht kann
will ich es mittels tun
mittels des kahnes
mittels des hahnes ebenfalls
müde muster der benetzigung
hetzel
hetzel

sein mir ein fleiß noch irgendwo zu nutzen?
ich sein zu faul ja schon die schuh zu putzen
ich sein zu faul sogar aufs klo zu gehn, ich schwein
so könnt ihr mich beschissen und verbrunzt
daliegen sehn. schlaf, kindelein

der vater mit dem hammer geht herum
dann haut er drauf – das war der kopf vom buben
schlaf, kindelein

nichts wissen, einen kopf
zwar haben, doch
nichts wissen, oder
auch keinen kopf, auch nicht
den winzigsten.
schlaf, kindelein

seichende kuh

kuhpisse wie in fein geschwungenem bogen
dem edlen kuhleib sie entweicht, zitternd
der ordinäre reit- und pferdeknecht, gewohnt
stuten zu ficken, beiwohnt dem wiesenschauspiel
zierlich abgespreizter kuhschwänze, die nicht
benetzt dürfen werden durch harn, reißt offen
sich den hosenverschluß daraus quillt sein
fortpflanzungsglied das die enkelsüchtige
mutter ihm anschweißte als garantie für ein
fohlen, ein kälbchen, heimzubringen zu ihr
von glücklich zustande gebrachter bildungsreise.

die milch

die milch ist am boden
was hat die milch dort zu suchen
sie hat nichts zu suchen
aber sie zahlt es dir heim
was denn
sie rächt die kuh

gut gelaunt, der baum

schreibt sich an himmel, balgt
mit vögeln sich, berührt
drei seiner art; tausend
gewitter, doch
kein blitz noch der ihn
die birke
gebrannt hätte

riese und berg

gebeugt steht
der riese vor dem berg
und weiß nicht
woher die ehrfurcht stammt
die er dem berg zollt

auge der welt

walzen
wald sehen
bald sehen
balzen

rotzen
rot sehen
kot sehen
kotzen

kratzen
grad sehen
weit sehen
weizen

lanzen
land sehen
wand sehen
tanzen

glatzen
glatt sehen
platt sehen
platzen

grunzen
grund sehen
welt sehen
wälzen

naturschauspiel

o schau
spiel
spiel

+

vögel
in betrieb

+

unhörbar
explodieren
schmetterlinge

+

die birke
zählt
ihre blätter

+

was soll
ein zahn tun
ein zaum

+

mücke
total
tot

+

die tür
geht

+

schierling
beim gebet

+

der meister
sei schreibend
sie mögen
auf zehenspitzen
flüsternd

so viel ist zu bewundern an
den bergen, nur
nur nicht
nur nicht gleich
außer
außer atem
kommen
nur nicht
nur nicht gleich
außer atem
nur nicht gleich außer atem
nur nicht gleich außer atem kommen
nur nicht gleich
besteigen, spricht
seiner großen lederhosen
verantwortung bewußt
und kracht
wie blau sich jäh
zum schwarzen wandelt
und fürchte das wankel-
wankelmütige wetter
auch nicht *ein*
edelweiß, nicht *ein*
edelweiß ist wert
ein menschenleben
und doch hat mancher jägerssohn
eines mädchens wegen
wir wissen

ein naturbild

der ungeübete jagdmann sieht
den blutigen hasen – ein tränenstrom
aus seinem auge sich ergießt –
weh dem der schießt

nicht es sich rühre oder kaum
es sei ein glühend grüner traum
wohl abends aus dem fenster;
so milde walten die wolken

dort drüben den rüden berg hinan
sich müheten tann um tann um tann
oder fichte um fichte um fichte

jagd-fragmente

der jäger nach der seife greift
um von der hand das blut des rehes

nimm seife, jäger, wasche dir die hände
damit du nachts nicht träumst von rehes ende

der jäger greift sich an den schwanz
ist das verfluchte rohr noch ganz?

was ich in meiner hose berge
gebührte eher einem zwerge

vielleicht daß es dem zwerge stünde
ich hab zu früh gehört von sünde

an schweinemund und hasenherz
zieht mich das leben himmelwärts

mein klumpfuß zieht die damen an
wie es der stärkste schwanz nicht kann

ich sein hund in hasen
ich sein hasen in hund
das sein ein jagen

ich sein jägersmann in hund
ich sein jägersmann in hasen
ich sein ein flinten
ich sein schrotpatron in flinten

skizzen aus rohrmoos, sommer 1982

für friederike mayröcker

du sitzt ständig
in diesem kleinen zimmer
und rauchst eine zigarette nach der andern
so vergeht der sommer
ist das nicht ein jammer?

–

zu seiner linken
der fensterausschnitt sei ihm wohlbekannt
von manchen jahres juli und august.
da ist noch immer rechts die baumgruppe

–

israel libanon PLO syrien
iran irak
fast vergessen die falkland inseln

die grünen flächen von rohrmoos
bedeckt mit den leichen
der laut julian symons
author of *bloody murder*
besten bücher von edgar wallace:

der rote kreis
der sechste sinn des mr. reeder und
»perhaps the preposterous but enjoyable«
the fellowship of the frog, deutsch
von alma johanna könig

–

seient ihr
spazierengänger?
ich gehabt haben
einen hirschenfänger.
schon als bube
ich gehabt haben
einen hirschenfänger.

–

ich ginge ja gern mit dir mit
wenn du hinunter gehst in den ort
aber das hier heroben ist der ort
des stuhls auf dem ich sitze
und des tisches mit meiner maschine
und außerdem ist da noch die sache
mit meinen füßen

–

mülltonne
am rand
des steges
über den bach

ein haus
ein auto
ein haus

flimmerndes
leuchtendes
laub

leuchtendes
gras

die leuchtende
straße

–

fahren aufs land
südbahnhof
noch keine bomben auf wien
vater hochhält den kopf
die drei knaben sind mit ihm
mutters tod darf die vier
nicht dauernd zu boden ziehen
es wäre nicht nach mutters sinn

–

zwei gläschen
ohne schnaps

abgereist
ist der freund

–

(»über die dörfer«)

das publikum ersitzet
der bühne zugewandt
des schauspiels dauer

–

ihre schritte
die treppe
abwärts

schnaps
in ihrem
becher

sie hat
daran genippt

–

mit der eisenbahn

die aufs-land-fahrt war schön
es war ein erwarten
ein tunell! ein tunell!
dort war auch ein garten

immer ein stückchen ruß
ins auge fliegen muß
mutter wischt es heraus
mit ein zipfel von taschentuch

die bänke aus holz und gelb
ein gutes gefühl für die hand
die geschwindigkeit zu berechnen
wunderbar vater verstand

fliegen so niedrig die schwalben
ist der regen nicht mehr weit
sitzen sie auf telegrafendraht beisammen
ist der sommer fast vorbei

skizzen aus rohrmoos, sommer 1983

setzt sich
und sitzt

stinkt ein bißchen

die nase
spürts

ein flugzeug
das ohr
hörts.

goldgrün

–

rohrmoos, der ort, zieht durch mein leben sich
als sommer, deren jeder keinem glich

rohrmoos, der ort, zieht durch mein leben sich
als sommer, deren jeder jedem glich

rohrmoos, der ort, zieht durch mein leben sich
als sommer, deren jeder keinem glich
obgleich vergleichbar bleibt, daß immer sie und ich
nie einer einzeln nach rohrmoos entwich
vor sommer in der stadt

vor einem sommer nämlich, tief in wien, der mich
nie wirklich schreckt; sie aber, flehentlich
streckt ihre arme bis ans meer,
winkt nach der adria bereits im mai, worauf versehentlich
ein dachsteinlied aus meiner kehle strich

–

friederike mayröcker probiert meine neue maschine (zitat)

lieber ernst diese maschine ist wunderbar::: ::!!!!
  sie ist sehr hart, aber schön schwarz, hier riecht
    es sehr gut wie im wald, leichter, auf ganz leicht
      kann man die maschine aber nicht

2 was wird unsere kleine maus machen; wo !!!!?????
  hat sie sich versteckt;? sollen wir ihr eine wurst
    zustecken?

–

o du mein gott und schellen
ich lobe die forellen
die auf mein tisch sich stellen
blau oder gebacken oder müllerin

–

jesus, ein schemen

ich seh ihn nicht
ich seh ihn nicht
wie wahr die sterbende mutter spricht

dein lieber mann
dein erster sohn
dein zweiter sohn
dein dritter sohn
wir bringen dich zu grab
und keiner holt dich ab

–

hitzewelle

in keiner landes-
hauptstadt war es
so heißer wie in
graz

–

wenn tief nach unten greife ich
die kugel meines knies erwisch
dann weiß ich tief genug hab ich
gegriffen nicht

wenn tief nach unten greife ich
den krüppel meiner zeh erwisch
dann weiß ich tief genug hab ich
gegriffen nicht

wenn tief nach unten greife ich
die kuppe meines sargs erwisch
dann weiß ich tief genug hab ich
gegriffen nicht

wenn tief nach unten greife ich
die gucker meines haupts erwisch
dann weiß ich tief genug hab ich
gegriffen nicht

erst wenn ich so tief unten greif
daß gott ich spür als schleim seim seif
weiß ich daß tief genug ich hab
mein scheißhand in mein scheißen grab

–

früher nachmittag

die beklemmende
stille
endlich
unterbrochen
von der stimme
des bauches
einem langgezogenen
auuuuuuuuu

–

an eine birke

o die sonnenhelle
wiese, die dunkel-
bleichen berge, das
braun der scheune, ein
störenfried

mein auge
du billiger
blinker

skizzen aus rohrmoos, sommer 1984

ich setze mich hin
und weiß von nichts

ich stehe auf
und weiß von nichts

ein gedicht ist geboren
das schicksal zieht mich an den ohren

–

laß mich allein
ich will allein sein
ich will es auch nicht
leben ist kein verzicht

laß mich allein
ich will am fuß keinen stein
ich bin vor gericht
ich will nichts, das für mich spricht

laß mich nicht allein
ich will nicht allein sein
ich bin vor gericht
einen will ich, der für mich spricht

–

das öffnen und schließen des mundes

den mund
mach auf
mach zu
den mund

mach auf
mach zu
den mund
mach auf

mach zu
den mund
mach auf
mach zu

den mund
mach auf
mach zu

–

drei vorstudien zur »frankfurter poetik-vorlesung 1984«

vorstudie 1: der mund als diener

der mund muß sich öffnen und schließen lassen
dann dient er zum essen trinken und sprechen
er dient auch zum spucken
er spielt beim lachen eine rolle
auch beim küssen und beim erbrechen
man kann durch ihn auch atmen
man kann mit ihm mehr anfangen als mit den ohren
auch mehr als mit der nase
leider kann man mit ihm weder hören noch riechen
aber man kann aus ihm riechen (aus ihm stinken)

vorstudie 2: die rolle der zunge

die zunge ist im mund drinnen
sie ist darin enthalten
sie spielt beim essen trinken und sprechen
eine wichtige rolle
auch beim küssen und spucken
sie läßt sich zeigen
durch öffnen des mundes
oder durch herausstrecken
sie kann lecken schlecken und aufschlecken
durch den speichel ist sie naß
man kann sie sich unverhofft abbeißen
sie bewirkt das schmecken

vorstudie 3: vom wirken des speichels

der speichel ist das nasse im mund
er hält die zunge geschmeidig
auch die innenseiten der wangen
das zahnfleisch und den gaumen bewahrt er vor dem austrocknen
er läßt die zähne glänzen
er wird ständig hinuntergeschluckt
er durchwirkt die speisen
damit sie leichter durch die speiseröhre gleiten
er läßt sich auch ausspucken
auch zum anspucken wird er verwendet
er erneuert sich ständig
er ist ein verläßlicher diener des mundes

–

ich war jung und dumm
ich bin alt und dumm
ich entkleide mich vor publikum
plötzlich sind alle stumm

ich bücke mich
ich zeige ein loch
ein hauch entweicht
leben ist leicht

–

morgenrot

steht auf, sau!
'S ist zehn!
pyjama schweißnaß
zahnersatz raus!
schrubb zahnbürst schrubb!
ha, odol!
die schwarzen stummel!
adel des maules!
kommen dran!
ab aufs klo!
erster dünnschiß!
finger voll brei!
arschloch nicht zugeht!
spül finger, stinker!
wasser ins arschgesicht!
sauschädel!
scheiß-rasur!
ha, pitralon!
zweiter dünnschiß!
knallt! knallt!
schaum vorm arschloch!
kunst after vision!
stotterpissen!
scheißaufsfrühstück!
rinninsbett!

mann & frau
in der welt des deutschen
2. folge

gerald bisinger zum 50. geburtstag

der drus	die drüse
der dun	die düne
der durr	die dürre
der dus	die düse
der gor	die göre
der gratsch	die grätsche
der grutz	die grütze
der huls	die hülse
der hurd	die hürde
der krah	die krähe
der kratz	die krätze
der larch	die lärche
der lug	die lüge
der mos	die möse
der mow	die möwe
der munz	die münze
der os	die öse
der pfrund	die pfründe
der rub	die rübe
der saul	die säule
der schwul	die schwüle
der sphar	die sphäre
der suhn	die sühne
der stutz	die stütze
der tunch	die tünche
der tran	die träne

ein bildchen

für oswald oberhuber

da steht
ein buberl
mit einem
kapperl
und sagt:
          mami!
ach ja …
dann sagt es:
              papi!
und schaut
an dir hinauf.

vom ende des schreibens

für walter höllerer

einmal schreibe er und einmal schreibe er nicht. einmal werde er nie mehr schreiben, ob er es wissen werde oder nicht. wenn er wissen werde, daß er nie mehr schreiben werde, werde er auch anderes wissen. wenn er nicht wissen werde, daß er nie mehr schreiben werde, werde er entweder anderes wissen oder auch alles andere nicht.

für walter höllerer

am 19. dezember 1987 könnte ein glückskind bereits
87 jahre alt sein; daran wird walter höllerer noch 22 jahre
zu arbeiten haben – und was hat er dann davon?
das glück des jahres 2009.

mit hans hollein

ich hab die armbanduhr verlegt
weiß dennoch, wem die stunde schlägt

erstmals, soweit zurück ich denk
tret ich hinaus mit freiem handgelenk

vermag ich bloß zu hängen ding an ding
gerät vielleicht durch reim dies weniger gering

plötzlich hans hollein mir zur seite geht
eh mich mein ziel aus seiner richtung dreht

ja

das ist ja eine
höchst ungewöhnliche stelle
um die armbanduhr hinzulegen für die
es, wenn man von ihrem platz am linken
handgelenk absieht, nur acht stellen gibt
sie gewohnheitsmäßig abzulegen und dann auch
nach überprüfung von höchstens sieben stellen
dort wiederzufinden wie gewohnt, nämlich
den schreibtisch, das schreibmaschinentischchen,
den einen der beiden großen zeichentische (nur
den einen der beiden), das tischchen am bettende,
den kleinen stuhl mit gepolsterter kreisrunder
sitzfläche neben dem bett, eine von zwei stellen
in der küche und nur ganz selten das ablagebrett
über dem waschbecken. sie aber auf dem dicken
gummituch als teil seines obsoleten kopierers
abzulegen sei ihm nur dieses eine mal eingefallen
und er habe sogleich diese ungewöhnlichkeit bemerkt
und den ort auch prompt vergessen.

während ich nach wörtern zitzeln
muß, kann oberhuber kritzeln.
d. h., macht er seinen zweiten
strich, darf der den ersten nicht
so berühren, als ob beide
nur ein einziger strich seien.
der mann kann vögeln, aber ich muß wichsen.

gewählter sitz

für oskar pastior

viel schöne wörter sind
im kopf schon dem kind
sein mund holt sie hervor
und steckt sie ihm ins ohr
oder er sprudelt sie heraus
und in sein ohr zieht maus um maus
du schönes tor, des kindes ohr
du kühler topf, des kindes kopf
du kühler und du heißer
froh lulu und hosen scheißer

oskar zu pastior
pastior zu oskar

oskar paßt zu pastior
pastior paßt zu oskar

oskar zu pastior paßt gut
gut paßt pastior zu oskar

oskar zu pastior: du paßt mir
pastior zu oskar: du mir auch

mann & frau
in der welt des deutschen
3. und letzte folge

für rainer pretzell

der atz die ätze
der bors die börse
der bruh die brühe
der burst die bürste
der durr die dürre
der etud die etüde
der fohr die föhre
der fras die fräse
der grat die gräte
der halft die hälfte
der hohl die höhle
der krot die kröte
der kuch die küche
der mahn die mähne
der mahr die mähre
der mohr die möhre
der od die öde
der rohr die röhre
der rusch die rüsche
der saur die säure
der scharp die schärpe
der strahn die strähne
der wasch die wäsche
der wurd die würde
der wurz die würze
der zahr die zähre

für peter veit

ich habe
ihn einmal
betrunken
gesehn

ich glaube
er war es
nicht ich

du schönes wien, auf zilk gebaut!
wien ist, wo das zilk weidet.
jedem wiener sein zilk!
das zilk blickt tief ins wiener herz.
tief blickt das zilk ins wiener herz.

kleiner hymnus auf helmut zilk,
mit fußnoten

alk*
falk
schalk
elk**
zilk

* ein dem pinguin ähnlicher
meeresvogel

** nordamerikan. bez. für den
wapiti-hirsch, sonst:
der elch

hand und fuß – ein wandergruß

vorderhand zu fuß
vorderfuß zu hand
vorderhand und vorderfuß
vorderhand ein wandergruß

außen fuß und innen hand
wandert er durchs binnenland
er der hand und er der fuß
hund im mund als wandergruß

guten tag
»guten tag«
»»guten tag««
»»»guten tag«««
»»»»guten tag««««
»»»»»guten tag«««««
»»»»»»guten tag««««««
»»»»»»»guten tag«««««««

am neusiedlersee

segen o. k.
fegen o. k.
fegen segen o. k.
segeln o. k.
fegeln o. k.
fegeln segeln o. k.
siedeln o. k.
fiedeln o. k.
fiedeln siedeln o. k.
fiedel o. k.
liedel o. k.
liedel fiedel o. k.

mmmmmmmmmmmmmmmmm
mmmmmmmmmmmmmmmmm
mmmmmmmmmmmmmmmmm
mmmmmmmmmmmmmmmmm
mmmmmmmmmmmmmmmmm
mmmmmmmmmmmmmmmmm
mmmmmmmmmmmmmmmmm
mmmmmmmmmmmmmmmmm
mmmmmmmmmmmmmmmmm
mmmmmmmmmmmmmmmmm
mmmmmmmmmmmmmmmmm
mmmmmmmmmmmmmmmmm
mmmmmmmmmmmmmmmmm
mmmmmmmmmmmmmmmmm $_{\text{ich}}$

die quelle

ich quill ich quill ich quill
ich quill immer es anders sagen
habe immer schon anders es sagen quollen
und quill es auch jetzt
und quill es auch künftig quollen

findend
ein stück

personen:

suchend
findend

kurzficker

dr. kurzficker
dr. dr. kurzficker
univ. prof. dr. dr. kurzficker
univ. prof. dr. dr. dr.h.c. kurzficker

insekt mund
insektmund
insekmund
insemund
insmund
inmund
imund
mund

insektenfresser

leichtathletik

für marcel beyer

hirn grätschen honig
birne grätschen zopf
bier grätschen bohne
ziege grätschen topf
pipi grätschen locke
kinn grätschen stock
biene grätschen hose
zwirn grätschen bock

der satz

der satz verliert sich
in unzehlige setze
er ist unersettlich
das ist entsätzlich
es wehre vergäblich
ihn stoppen zu wollen
er ist unverlätzlich
hesslich bin ich sälbst

flugs
oder nicht flugs

jedenfalls
ganz leise

sprüche

(»einsam, nachts«)
jetzt ist es elf; in einer stunde
ist es zwölf, sage ich einem
meiner hunde.
doch ich habe keinen.

–

der rohe frosch erscheint mit lust
wovon er vorher nicht gewußt

–

(»prognosen«)
vielleicht, sage ich, aber ich bin mir dessen
nicht ganz sicher.
oder ich sage vermutlich

–

als hätte nie
geschrieben er etwas
so ein langes gefühl
und die jahre durch die es sich dehnt

–

ach wie oft vertreibt der mai
was april so schön begann
so und dann den kleinen mann
nämlich niedrig doch sodann
bald der könig bald das licht
aus der kühlen pflaume sticht

–

wer hinkt
der geht

–

kühler grauer mond
wie werd ich von dir belohnt

–

der kleine dichter, mindere poet,
dem all sein sinn nach großen werken steht
drin vers um vers sich schraubt und höher dreht

–

(»zerfahrenheit«)
aufgescheucht von den dingen
herumgescheucht ...

–

nicht was mir schön
nicht was mir bunt
tu ich dir kund
nur was war
war wunderbar
oder gräßlich

–

herausgeritten aus muttern, hineingetrabt
in dieses unmenschliche geschlecht

–

kein name sei gegeben
dem leben das ich führe
ich schließe still die türe

–

oh absolutes trinken
oh sich das blut aussaugen
oh sich berauschen

–

kleine die sich schütteln, wälzen auch
dem ungehörnten käse, sein mittelohr
mit kampfer ein gewinn, eine schiene oben
sei der sonne nicht pilz, fast blitz, pöbel
gewissermaßen angezwergt, obere brandsalbe

–

barst höhenschreck der tüte weiden
kein omnibus als psalmodrom

–

(»das horn«)
das horn das mich in dunklem schauer
oft gar verletzt hat in das gras

–

vielmals allein
es sei keinem getraut
zieht ab mir die haut

–

nein, es tut mir nicht leid
es war nur schad um die zeit
um die mir nicht leid tut

–

man will gedichte rasch herunterschreiben
gedanken müssen nicht dran hängen bleiben
die sprache räkelt sich, ohne zu denken
die schöne frau, in der die dichter wühlen
behaglich wälzt sie sich in ihren pfühlen

–

hast angst?
ja, hab angst.
wann hast angst?

–

was hören ich tu
sein ein regen denn
auf den was fenster schlagen

–

du sollst dem hunde nicht das blut
aussaufen, denket einer
und muß schon wieder laufen

–

wie schön sich doch der tag verkürzt
durch spätes aufstehen, frühen fall ins bett

–

du in gepflogen
heiten seiten breiten
schelten welten gelten
glocken die socken die stocken

–

mich wollt
ich sollt
du würt
es grollt

–

ich bin nicht gerne, wo ich bin
ich wäre nicht gerne, wo ich nicht bin

ach, wäre ich gerne, wo ich nicht bin
wäre vielleicht ich lieber, wo ich bin

–

(»der märtyrer«)

schüsse die von hinten kommen
niemals gelten einem frommen
denn der fromme zeigt die brust
und empfängt den pfeil mit lust

–

hier soll ein gedicht stehen
es muß aber rasch gehen
und vor allem ohne denken
denken tut ablenken
denken tut vom schreiben ablenken
also müssen denken und schreiben
getrennt bleiben

–

(»so schön«)

spät aus den kissen, früh hinein
verkürzt will uns der tag jetzt leuchten;
die jahre, vor uns schwindend, würzt
zahl unter zehn, zahl unter sieben
du sollst an *einer* stelle stehen
dann nur noch *eine* silbe lieben

–

the pig has left me
in the stitch – das
schwein hat mich im
stich gelassen

–

wer will wie max und moritz sich zerstreuen
den tod durch flugzeug sollte er nicht scheuen

–

da läuft der hund
da läuft der herr
da läuft noch einer
hinterher

–

ich seh
und ruf
wie schön!
wie schön!
und hab
vergessen
was

–

never too early and never too late
makes a man hate himself and his mate

–

wir waren hier
haben die erd verdreckt
was hat man mit
uns andres denn bezweckt

–

für draußen ist es hier herin zu kühl

die farbe rings
erklärt das blanke weiß zum ding

–

dies ist der fluch des alten hauses
ich weine um dich, mein synthetikon

–

(»würfel und saum«)
der würfel findet kaum zum reim
der saum erreicht den baum
und hat schon einen traum

–

was ich an mir erblicke –
ach wie es erst darunter
aussehen muß

–

ich bin nicht mehr zu feig
        zu sagen ich bin feig
ich habe keine angst mehr davor
        zu sagen ich habe angst
ich habe jetzt den mut
        zu sagen ich habe keinen mut

–

so viel an zukunft bleibt für mich verschlossen
darum erscheine jetzt ich euch so unverdrossen

fünf dreizeiler

daß sich dein leben zu
buchstaben verhärtet, du
wolltest es nicht so haben

–

(»das aufraffen«)
also jetzt setz ich mich hin
also jetzt sitz ich da
da sitz ich jetzt also

–

(für wendelin niedlich)
echt siech
ächz ich
sechzig

–

hundertfünfzig jahre alt
werd ich sicher nur zu bald
es kann schon morgen geschehen

–

so leicht zerstörbar ist
papier. es herrscht bei uns
an ihm kein mangel.

treusprüche

ich mag nichts neues
ich mag nur treues

–

nicht neu sondern nah
immer schon da

–

ohne erfahrung
eine deutliche einsparung

–

zu je einem geschlecht
sei ein einziger partner recht

–

lust besteht aus feuchtigkeit
keine lust aus neuigkeit

–

vielleicht die höchste lust:
zu sterben an der mutterbrust

–

das tier mit den zwei hintern
wird das leben leicht überwintern

–

die treue muß ganz billig kommen
dann wird sie willig hingenommen

–

sterbe ich dann gleich auch du
sonst nimmt der drang nach untreue zu

9 zweizeiler

den ofen verheizen
mit brennstoff nicht geizen

die wohnung hassen
die wohnung nicht mehr verlassen

die saiten zerschneiden
sich das klavierspiel verleiden

mehr zähne ziehen
als vor zahnärzten fliehen

die schüttellähmung
als bezähmung der leidenschaften

den krieg verdammen
den frieden verkraften

die fenster zerhauen
den blauen himmel beschauen

das vergißmeinnicht
wie sehr auch das leben zerbricht

der tod erst bewirkt
daß jeder zusammenhang stirbt

der verzwickte vogel

wir haben den vogel abgewickelt
–
ohne wunsch kein punsch
–
ferien sind serien
–
nach froher not ein früher tod
–
wohin soll ich mich schänden
–
musik du geiler trick
–
eile mit und weile ohne
–
gottes sohn den gott belohne
–
wofür du scharfe tür
–
es blinkt der schroffe pelikan
–
oh säue denen es kommt
–
und ziemlich steht der zinnsoldat
–
nach und vor und schmach
–
ein techtelmechtel
–
grüner raum der unzucht
–
gehabent euch wohl

zeilen

ach es ist so gut
–
kalb pferd stier ochs kuh
–
schwarz fegt wild frost sturm
–
was schlecht riecht holt luft
–
als er sich gott schuf
–
was fehlt ist bloß mut
–
narr geht im dorf ’rum
–
sanft schwebt sie vom turm
–
hals trennt sich von rumpf
–
acht sechs vier kommt um
–
das pferd wird noch wurst
–
darf denn ich dort ruhn
–
das feld ist voll blut
–
was lebt ihr so dumm
–
glas schellt klirr vor wut
–
war mensch bin fort nun
–
spart geld wie volk muß
–
rasch bellt mich fort hund
–
knallt er sie oft bunt
–
das schmeckt dir kost’ nur
–
dann erst bist tot du
–

was steht ihr dort ’rum
–
das geld ist bloß schmutz
–
alt werd ich noch kurz
–
was brennt ihr so stumpf
–
salz leck ich vom flur
–
das reh flieht vor kunst
–
als welt dich noch schlug
–
ganz ernst sieht gott zu

stanzen

a schdiggal oobrechn fun an finkerl
einebaissn in kanari
und was dammajetz mid unsan sittä'
i waass scho den zadrittä

a schdiggl flääsch und a haufn baana
olles ängwiggld in a haud
und dazua no an namen –
so an wia diii gibz nua amoe

a so a gschbiwena kiwara
wiasdu villaichd ana waasd
dea kennted ma gschdoin blaim
wia ra auszuzlda schaas

a soo wenig hoa
a sooo wenig zent
und dazua di zwa biaschdn
mid a so a menge boaschdn

»a waune drum beedn daadad
ea kemmad ned zu mia
gruzediakn wo bischddn?«
»i woa ima bei dia«

am liabsdn im baak
monchmoe a in an glaan woid
bockin aus fia de glaan kinda
o jo, aa im winta

anst woa da hans ARP
scho a oat inspiration
heit is des da RAP
ob ma woin oda ned

aus aian orphischn oaschloch
druckts es maunchmoe a batzal
nemtsas glei auf de zungen
olle lyrik gheat gsungen

aus an weiwal geds ind wööd einä
ned imma gaunz leicht
owa boed muas ma wida ausse
oes a drogboare leich

(Luiserl, 4. April 1940)

befua s gschduam is, de muadda
hods zun foda gsoggd: no waasd
i heddad nimma woin drä buamma
hed i gwusd wos des haasd

bessa schdumm sein oes gschduam
maanen die aan
bessa gschduam sein oes schdumm
so kaummas aaa draan

biddaich losszmeneed gaunz alaanech
so diaf owegehn in da finstan
denn da weg is wisszes eh a
so schdeu und so schdaanech

»biddasoez, hoch des biddasoez!«
»dazösmahoed, dazöös«
»gestan aumt howäs eingnomma
heit inda frua wasi, gwiakt hotz«

bin a bissl bedriabd
wäu's me nima so liabbd
wia's mi amoe gliabd hod
waun's gschdimd hod wos gsogd hod

selbstbildnis 1991

bin a dichta, geh in zoppeschritt
homman gnechl brochn moch nua no zoppeschritt
oowa r auf aa moe gengan so füü weata mit
und de weata jo de kaune brauchn

bist jo imma scho mei brava gwesn
und des wiaggli laung
gehst hoed jetz zu de huana
nua i biddi weamma ned graunk

bittschee seiz ma hoed ned bees
seiz ma bittschee hoed ned bees
seiz ma hoed ned bees bidschee
dosi eich nix aundres vuales

d frau haslbeaga
dölikatessn, fasaungassn
hod imma zu män bruada robi roberti xogt
oeje hodda dea do an gaachn griagd

d gaunze wöd schded fua eam
und da drottl denkt auns schdeam –
i was ned warum i a drottl sein soit
waune liawa schdeabat oes dos i lebm woit

von den toten und lebenden dichtern

d'meistn dichta eh scho
san unta da ead
owa r a boa lewende brauch ma no
oes a oad von zoo

d'oede in ian zuan
drogt s oaschloch jetzt fuan
ihre duttln drogts hintn
und ihr fut kaumma iwahaupt ned fintn

d’oide antisemitin
waa heit gean a jiidin
dos sogn kennt: schauz mi aun
d’nazi hom uns nix daun

da foda is fuat
de muata is blibm
beim fodan? du oaschal
den hod sii jo fadribm

da hea pfoara in sein beichtschdui
hod se einegsaglt a loch
fia de weiwa zum greiffn
hot da dea heit an schdeiffn

da hea pfoara oman auf da kaunzl
hod runtergschissn aufn franzl
owa da franzl hod si auffedraud
und den hean pfoara ane in de goschn ghaut

da tschaikowskij woa ka drottl
dea hod gwusd wosa gmochd hod
owa wauna uns haid schbün hearad
i bin gwis dosa lochad

da woed oisa gaunza
foid jetz auf mii
bis i nix mea oesa zaum-
dreedane omaisn bii

das war halt bewusst
und unbewusst august
soon we'll remember
the thirty days of september

de easchdn zen joa
fon den furrechn joahundat
san s olle do gsessn
und hom se nua gwundat

in de letztn zen joa
fon den furrechn joahundat
san s olle do gsessn
und hom se nua gwundat

in de easchdn zen joa
fon den 20. joahundat
san s olle do gsessn
und hom se nua gwundat

und de letztn zen joa
fon den 20. joahundat
sitz ma imma no do
nua doss kaan mea wos wundat

de gfrassda, de wos ma
den mostdorm zaschdead haum
im gaunzn daitschn woed
hengen s jetz von de bamm

de hod duttln wiara maura
wauna maura duttln häd
wissts bleed samma r olle
owa soo bleed samma need

de junge waa ned so harb
owa d'oede is a bisguan
sei schdad de head zua
d hod jo rozzn in d'uan

de muata hod gschissn
kaana hods ghead
da foda hods grochn
und i hob don gread

de schritt im fuazima
woan ned fun dia
glei binä aussä
s woitat kaana zu mia

de zwischnmenschlichn probläme
hed marolle längst gläsd
wonnäd ima zwischn uns do
a so füü hindanis wean gwest

dees is doo, und dees is doo
und a dees is do, und des is aa do
und wauns wos brauchn duads, des wos
ned doo is
geds und kaffzas, daun hobzes aaa

deine duttaln de hosd no
a gaunz a longe zäd
don keans den hean dokta
dea se jetscho drauf fräd

der do, a hoewa hinecha
gaunz buklad und one hoa
is amoe ana gwen dea woa
schen oes wiara keeenech

der mops

des is dea dea i waa
wauni oes a mops aufd wööd kuma waa
oowa wäu i ned oes a mops boan woan bin
is des ned drin

der seiltänzer

des lebm is a frucht
und so a frucht is dara wucht
des glaubst a wäu, don schaust owe
unz reisst de vom säu

nach 45

des woa ima a sozi
um den brauch maruns ned schean
owa de oamen glaanen jungen nazi
mias ma brodeschian bis zu uns ghean

sehprobe

do drimman schdeed »jung«
dort drimman schdeed »oed«
dazwischn siach i nix
oijo! wosn? »boed«

do hosd a scheens dellal
do scheissd jetz scheen rein
zeaschd weamma a bissal essn
daun drink ma r an wein

do is ana gschduamm
woraun isadn gschduamm?
no ea is anfoch hinwuan
pfäu!

domid homms goa ned mii gmaand
wias gfroggd haum wori schdeh
oowa gwusd haums i hob ka auto
so hoedns mi aum schmäh

dos i jetz ned zuaschaun kaun
is ma momentaun a schmeaz
owa wäue no meine ägl'n hob
schdichds mi no ned ins heaz

doss ma aicha voodalaund
nimois varrotz
homms aunblead uns junge soidoodn
in kriag gjaukt und vahaazt

auf seinen geschwollenen linken fuß

dos mei fuass gschwoin sän soitad
no do hoowe nix dagegn
oowa i denkma hoed des gschwollene
soit si scho wida gebm

du bleampe, hod a xogd zu mia
goanix hod mi gschdead
bist laichd dearisch, du bleampe
i hob wida nix ghead

pissing-party

du setzt di aufs klo
i mochs in dein mund
so gehds auf amoe
wischerln is gsund

du wiasts scho no biassn
i maan biassn miassn
wonstas imma no ned waast
wos a nazi sein haast

einegschbrungen is a oesa droggena
aussezaad homsn oesa nossa
und dazwischn woa goa nix
oes a wochn volla wossa

es hodma scho laung
nix mea so weedan
oowa doss wida aunfaungd
dafua hoowe feedan

es is de naduua
de wos a madl zua hua mochd
oda maanst es woa d'gsööschofd
di mi varaunlosd hod dazua

es is nua mei handschuach
es is ned mei haund
mei keapa is in da eadn drin
und driwa scheint da mound

es schdinggadn weiwa
bin ned aicha raiwa
bin a ogrissna hund
meine seele gesund

fia mi is de gaunze sexualidäd
a fa-irrung wias im biachl schded
wos fiara biachl soided i do hom?
de hundatzwanzich däch von sodom

fümf dääch in küühaus
s hod scho gaunz brima grochn
a schenes junx ree
mia homms aufgfressn bis auf d'knochn

fun diia lose ma mei hian ned woschn
und fun iagendwen aundan aaa ned
sei hian muasse a jeda söwa woschn
nocha kaunas frisian lossn

ge fiachd di ned, biawal
bin jo beinoh da bopst
schdecksd dei zipferl in mein mund rein
sogsd ma daun, obsdas mogsd

ge, gimma rosch a bia
hob heit gaunz an haufn gschrim
owa dos i draun vaduascht
wa ma weniga wuascht

ge sädonet so boodschad
dost me aungräfst so loodschad
gräf in mi anfoch ääne
waunsdas finzt zwischn mäne bäne

geds jetz heamma r auf zun bleedln
bleedld hädd ma jetz grod gnua
fua de augn hängt mara breedl
hob a gfü wiara gronke kua

geh scheissn, homma gschrian
und homm eam am dekl gschissn
jetz woschmarin wida rooo
und säne freind wean eam weamma miassn

gez schauz ned olle auffe
oes ob i in da hee wa
i bin gaunz diaf do untn
es wiszas jo e a

gge, liabe mariiia –
ziag däne knii aun
i deed soo gean amoe do druntaschliafn
maansd daadad i des diaffn?

dear mary, when i look at you
i don't see anything to tell me why you blew
all my big hopes into the wind we hear
there you see them disappear

gibts bä uns ned aa soiche
de wos olles wos duan
med an zuan auf olles
wos duan miassn duan

grängsd di oda grängsdineed
wo is de grenz wo ans ins aundre iwageed
wo bleibbd ma schden befua ma wiaggli schded
grängsd di oda grängsdineed

grod jetz mechdad i ned schdeam
hob no a weng zun duan
mai dood is mai fotta
mai mutta san de huan

i can't get no satisfaction

grod wäue ned zfriedn bin
haue monchmoe auf de foischn hin
wea sandn de, und zwos hausd denn
des wiasd nimoes faschdehn

gschaud homms da wiari dmüchhoinkum
d müchfrau min heazgraungn maun
jo des is jo do da jandl-bua
med den ean dienstmadl am oam

häd hoowescho de zwäte
floschn in män mund gschdeckt
s gsundbläm wird ima schwaara
owarebinoneed varreckt

hauds me owe ind gruamm
do liggda daun da suamm
und drommad pfeift da schduamm
und untrisch greift da wuamm

hob a r oat jetz von ana vor-ordnung
de woitadi ned zaschdean
gibd ma d'hoffnung mai ordnung
is laicht nimmamea gaunz fean

hod anareaschd domid aungfongd
kona nimma domid aufhean
oo de wööd is so bitta
und da himmö so fean

wos de bittn duan und beedln
glaubst i daadad des hean
oo de wööd is so bitta
und da himmö so fean

und wauns olle medaranaund dahungan
friisi doppöd so gean
oo de wööd is so bitta
und da himmö so fean

dos i olle kabutt moch
glaubst des daadad mi schdean
oo de wööd is so bitta
und da himmö so fean

hoda brotzn wia da horowitz
und haid schbüd a nua min schwaunz
hod hoed ni brav glavier gübt
do faleand mas boed gaunz

hoed a oasch med uan
fon hint wie fon fuan
an küüln obgaung kauni ned faschbrechn
wü a nix iwas knia brechn

hoeds me woi fir an deppm
na es weaz scho no schleppm
aun da fuigsoffnen laich
di r i ääch iwarääch

homa boa floschn drunkn
schbritzn scho a boa funkn
miassn a boa floschn no hoin
waumma glicklich sein woin

hood mä foda zmia xogd bääääädschalbua
hooowema ima denkt wos maaaaand dea nua
hooobmeobanedzn froooogn draut
hedd ma villächd ane runnntakhaud

simply postschaas

how would you describe
what i'm doing wauni schbaib
or would you rather dosi schaiss
wäue ned james joyce haiss

i am an old man in an old house
with fat rats dancing on the stairs
how we get on with each other
is none of your affairs

i bin a kineesa
duad mi goaned schenian
hob nedn mao sei frau de sau
oowa r eppa sei hian

i bin deri bin
in mai mogn is nix drin
waun in mai mogn wos drinwaa
wari laichd a r aundara

i bin jo ka sänga
drum brauche hoid lenga
oes de mäsdn dazu brauchn
de wos singen und ned rauchn

i bin ned aus hoiz
und i bin auf nix schdoiz
frogd se obe waune aus hoiz waa
auf irgend wos schdoiz waa

i brauch kane sokkn
maine fiass san ja drokkn
fon de iiwrigen hean
hed des mauncha gaunz gean

i'd rather be my step -
father than my father
'cause i never had a step -
father, but i remember father

i denk ma, kaana no is gschduamm
im vadraun auf de zukunft
wäus fir iin waun a gschduamm is
ni wiida muagn is

i don't know a way out
nor for you a way in
i'm afraid that we two
will stay where we've always been

a plea for less knowledge

i don't know what you want
but i know that i don't
want you to tell me
what i don't want to know

i expect to be soon
as deaf as a stone
then i'll make you a present
of my mother-fucking telephone

i feegl de ned oes a bluedeche!
hosd da du domoes blaazd …
iwa d wiesn samma gsaazd
homm unsan summa vahaazd

hotel puchberger hof

i friis mai suppn
du schaust dawäu dei bost aun
so brauch ma nix reedn
dafia schlogt uns de kost aun

i hob do in mia
so ar oat dialekt
den howi ned von da muata griagd
howin grod east endeckt

i hob in mia drin
a gaunz a glaane maschin
de bringd aus mia raus (waunsas heaz)
a jede oat von uanschmaus

i hob nix fabrochn
hob owa r aa ka guaz gfüü
mia schdeggd so woos ind gnochn
woos i wiaggli ned wüü

i kenntad zu gott beedn
ea soet me ned zadreedn
wia r an ölendichn wuamm
zwos waradn sä sohn am graiz gschduamm

i'm not a sportsman
i ain't got no hope
no football, no boxing gloves
and – believe it or not – not any dope

i miassad jo no ned feegln
owa glaubst i dawoat den enzig
kriag an koidn oasch und hob no
ka anzigs madl ned gfickt

three wives

i never remember my second wife
i never remember my third wife
i always remember what i always remember
ain't ever even had a first wife

i scheiss da in d'bappm
und du deafst as schlickn
daun scheissd du marin mei bappm
und i deaf dron daschtickn

i schmeiss mäne eia
am besten ins feia
mein schwonz obm drauf
befua r i dasauf

i schneiz mi ned ind suppn
sundan in mai doschndiachl
und du goscherte bist ned mai buppn
wauni wos wissn wüü find i s in biachl

i sitz on ana schdöö
wo ma grod an schdui hinschdön kaun
und siach a schdiagn de ged auffä
und a schdiagn de wos oweged

i wissad grod need
wos fia schdiagn i soit wöön
dos i aus dem fadampadn
häusl kunnt aussekräun

i sox da ned easchd am doodnbed
dosidineed hob bedriagn woin
i sox da scho haid
flaichd heddischda iwahaupt ned sogn soin

i waass ned wie oft
und scho goaned ob immer
aber eher a bissl weniga
und amoe gwiss nimma

»i waass scho wos xogd hom
owa ghead howe s need«
»i hob schoo ghead wos xogd hom
nua varschdaundn howe s need«

i was da wiaggli nimma wos i sogn soe
mir is maunchmoe scho gaunz schlechd
wäu i so oft wos sogn dua
wos i goaned sogn mechd

i wiad sogn, fuan essn
drink ma kaan kaffee
i wiad sogn, fuan essn
hint schaissn, oa jeee

i wüü ned wosi wüü
und waas ned wos i mog
und mog ned wos i kaun
sogda ausgrunnana maun

in buchbeag do samma no
moagn samma wida in wean
owa jetz räsemaranoowa
deswegn muasd ned glei bläan

is wosd sogn wüsd a bisl hoat
daun vasuachsdas hoed east zoat
waun s owa zoat nocha ned geed
daun gschaida hoat oes bleed

it's only a glove
no, it isn't my hand
and what you call love
is just a grain of sand

jazz me if you can
woman says to man
sogt da maun zua oidn
dazt mi woi fia deppad hoidn

jetz homma dezemba
und i dicht no imma
s niwoo fun august
daräch i jetz nimma

jetz rasire da de schiachn horo
rund um dei liabs futterl
wos glaubst wias do schaun wean
dei bapsch und dei mutterl

jetz schlof i gaunz eine
zwischen deine beine
woitat sogn »schliaf«
owa r i schlof hoed so diaf

jetz waaradi boid
bein foischn dial einegaunga
owa noch scheissade weiwa
howe heid ka falaunga

jo i waas scho de fritzi
vadinat aaa a gedicht
owa des muasi jo ned aufschreimm
soxia oft gnua ins xicht

jo so geds hoed mem lebm
wauns goaschdeg is füü zlaungsaum
wauns scheen is füü zschnöö
fuan schdeam brauxt ka r aungst haum

kaune me eigentlich iwahaupt
bä aich faschdentlich mochn
mid mäne neichn sochn?
do is goa nix zun lochn

kinda, seizes naarisch
i hob nix zun fa-eam
owa losds mi, i bitt eich
ned so fiachdalich schdeamm

kinda waune one aich waa
waa r aich des liawa
jo fooda jo fooda
bliawadi hoed iiiwa

lauda farukte und invalide
siach i haid auf da strossn
jo zwos homs denn de olle
und mi söwa ausglossn?

liabs frizzal, i heddado
a glans briaffal fia d'maria
in an glasl – se muass ned drinkn
owa denkn kenntads jo aun mi

wauns ea grausd sois as ins gloo laan
kaun ma daun aane schmian
hob laida sunst nix im hian
daad oowa gwiis ned rean

liawa fraunz hoed de monstranz
gaunz fest in däne hänt
sunst darennteno, kaumas wissn
dar daifö aum ent

Lewis Caroll

little Alice let me look at you
got here a beautiful book for you
will give that beautiful book to you
if you just let me have a good look at you

mai foda oes a naicha
woara gaunz fescha maun
oesa hinecha homman aungschaud
s woa ned fü on eam draun

mai foda und mai muatta
wia longede scho kenn
hobs scho so long ned xeng
weas a nimma mea seng

mai foda woara maura
owa frei woara ned
wissds bled samma r olle
owa so bled samma ned

mai god i hobs drimm
und daun fongi an siff
seita mochi nua no musi
owa ned ima nuar an riff

mai haund is a schaund.
jo wiaso denn, wiaso?
s' woa zu nah beim popo.
wem sein? – meim.

mai oide host gschdessn
dofia lixt jetz am bodn
und i hoima deine hoodn
unkochta wiastas fressn

mainasöundgott in mariazöö
muada, foda, drei buam
homma r olle fia de mama bett
schbiasdas, mama, oda schbiasdas ned?

maunchmoe griaggd ma des gfüü
a mensch sein is a schaund
owa boed wida siachdmarään
nua da mensch hod a r oat vaschdaund

apocalypse soon

maunchmoe howe des gfüü
de wööd schded fuan untagaung
daun dafaunge me und sog ma
des gütt nua fia mii

med da frau oweraumtsrod grün
wüime liawa ned schbüün
wäuma no nii medanaunda gschbüüd haum
und jetzn aunzfanga bissl zoetsan

meine fiass schdeng im fuassbod
mai zahnbiaschdl schdeggd ma r im mäu
und dazwischn schauri zua
wia rosch i fafäu

mexd a waadschn? ned fun dia
du krüppelgschbü, draade.
de is gsessn, hoda nocha xogd.
gaunz schdaad bin i auf da ead gsessn.

mia hom eam fagessn
jetz hoda nix zum fressn
druckt ausn oasch d’letzte wuascht
schreit: i hob so an duascht

mia homs daleant oes kinda
mia homs faleant oes sinda
jetz ruaff ma oes sinda
moch uns aamoe no deine kinda

mia kennan uns ned leidn
owa wi soitmaruns fameidn
waumma nemmanaund auf dera wöd san
und kan schlissl fias ddial haumm

mia r olle san entlich
oda is des zu schwaa faschdäntlich
mia miassn olle boid grepian
ged villaichd laichda in aicha hian

muata, mir wean scho wos fintn
wo ma di einschbian nima segn wean
waasd mir homm hoed des gfü
dos a da heagod des wü

noch sitz ich fest
in letzter lebensphase
ein mensch, ein wenig hund
ein wenig hase

nua ned foitan i bitt eich
schmeazzn hoed i ned aus
i sog aus! i sog aus!
i sog schluss.

oed isa hoed.
oeso mia wara z'oed.
kummd drauf aun wosa zoed.
mia wara drotzdem z'oed.

waune amoe in himmö kum

oes a dooda soit ma kriagn
wos marem lebm ned kriagt hod
i kauns ziagn und biagn
oowa des diarl kauni ned aufkriagn

oes a nokkade auf da schdrossn
hod a mi aunglaand lossn
i woa wiakli scho fost kabutt
midsaumt mäna schnowefut

oes a scheanglada deafst blean bua
wäu dai scheangln don kaaana siiichd
owa solonx däne groodn augn hosd
loss des blean sän, du wiiichd

oes hoda woin nix hoda griagd
wissn dadadaran dreck
dea nosse fleck do des woara
med an fetzn wischman weg

oeso waasd waun ana irgendwo
heid no sogn duad »a gaddihosn«
los i ma vom fattan
sein enkerl an blosn

oh god, i wü fagessn
nua no fagessn wü i
i bin jo scho gaunz aungfressn
fun dar erinnarung aun mi

oles wose noneed wissn dua
mochd me aneed wiaggli haaas
ooba waune des don wissn dua
mochds ma kan schbaas mea

one das i eppa schdeamm scho woiddad
sog i an jedn dea von mir amoe wos eam
daun woiddad
dos a draun vareggn wiad gonz gwiiiss
hoda wenigstns davor an botzn schiiiss

pfui deife, deine witz
hom ned amoe an schlitz
wo rä einegräun kunt
vua dän schdinkadn mund

reedn mid de bleedn
soitad mas oda soit mas need
vasuach mas, owa ned so laung
bis marament söwa deppad san

gloria

reiss das aus, deine duttln
nah da's zua, dei fut
sing: da krebs is mai heagott
und mai heagott is guat!

»resi, i wüü jetz scheissn
wos schdesdn doo no rum
wüsd ma laichd zuaschaun?«
»ge du hoderlump, fakumm!«

’s gibt a r intellegenz
de woss woam mochd diaf drin
und a r aundare de ’s koid mochd
bis ma goanix mea schbian

’s gibt sochn, de bassian
fosd an jedn und fosd nuaraaan
und an jedn ägendli bädes
schauds nua mi amoe aun

säd's änich, hods ghassn
auf n oozächn von uns doifussbuam
daun woammarolle bletzlich auf da schdrossn
hiddlabuam, und wia ma gschrian hom …

saunx heea, se san jo feaddech
schau eana zwa schdund scho zua
bissl essn, zfüü drinkn
und rauchn in ana dua

se haum rechd, i bin a dokta
mechad eana gean obarian
med ana neichn oat von nakoose
wos ollas dopped so schdoak schbian

schau moe noch mai siass madal
ob i in mäna bodhosn drin
mea wia dei bappa oda wia dei mamma bin
oda homs de ni nochschaun lossn?

schdöds as hin, schauds as aun
wias doschdehn, de heann
don legds aichre gwea aun
und auf mai zeichn sans leichn

scheissn, und in kopf
is sofuat a neix gedicht doo
kunnt ma do ned sogn »a gedicht scheissn«?
wauns a gschissanes gedicht is, joo.

schliassli samma noonedolleweg
olle samma schliassli doonedweg
owar olle samma doonedmea
foorex joa woama a boa mea

scho med fosd kaane hoa
gere rum oes wiara noa
schdop bei an jedn frisear
ob's ned ohne schea a meglich wea

se hod mi gean gschuntn
i hob nix daran gfuntn
woas a a blede sau
hod s' do ausgschaud wiara frau

revuetheater casanova

se homma gfoin, junge frau
wias ire duddln umanaundahaun
jetz sitz e do med ina bein champagner
und deaf in d'augn fon ana kua schaun

sofü däch is a ma ned gschdaundn
heast do bini da daschroggn
bis s' man wida amoe aussezaad
i glaub i hea olle gloggn

sog fooda wos maanstn
waunst sogst du growood?
hodda fooda gsogt: missbua
jetzt bist oowa schdaad

sog mexd ned wixn
naaaa i mechd a bixn
wos glaubsd wo griggsdn de hea
oh god waun i nua a maadl waa

»sog resi, wos isst n haid
zu mittoch, waun da kana kochd?«
»fostn wiari.« – »sixtas,
des is des schicksoi da christenhaid.«

soggds i siach hinta mia
so an droochn hea fliagn
hod n roochn aufgrissn
dea wü mi kriagn

und de schneidatn zent
und da bestige gschdaunk
wari nua scho hiiin
i soggad: gottseidaunk

soggds riachz do ned gschissn?
hod do ana an zabreesld?
den fooda hoz zrissn.
a des woite nua wissn.

soll e sogn, wos e wüü
oda soll e sogn, wos e waas
wos e waas is ned füü
und wos e wüü mochd ma kan schbaas

songs, woin s aus mia laichd
an daschossenen mochn?
a need – zwegn wos hoedn s daun
vor mai nosn de grochn?

swiad ima weniga und weniga
so weammahoed ima eamma
swiad ima weniga ima no weniga
bis ma goanix haum, daun schdeamma

there is hardly anything i know for sure
neither of the future nor of the past
nor should i know what to ask
if the person answering was you

vilächd häddma da sowjedunion
do a bissl fria höffn soin
doss uns olle medanaund ned
so fuachtboa hingschdraad häd

waasd frizzal, dai lebm
is a boa numman glaana
oes wosd hoed so schreim duast
wegn maana, wegn maana

wanderers nachtlied

waasd i red hoed so gean
drum redia so füü
skommt drauf aun, mid wem
oowa woat, boid bini schdüü

waasd i zaarads zu an wossa
und schdessads doat äne
waun mia des basiarad
dos ma r a madl bletzli schwaunga wiarad

waasd wias um di schdeed
naa i sog das need
bin jo ned da üwabringa
fun di ollaschlimmsdn dinga

waumma r olle kaane sokkn hedn
deed ma olle laicht zun liabn gott daun beedn
ea mechad jedn a boa sokkn schenkn
s is ned zum ausdenkn

waun ana mid drässich
aunfaungd bei nui
daun is's scho a froog
wiara weidakoma sui

waun da fooda niii dogwen waa
waaara iii ned auf da wööööd
und es wissts jo, wea ned dooo woa
dea hod niii jemaund gfööööd

waun de frau ned a frau waa
und da maun ned a maun
waa ma r olle medanaunda
vielleicht füü bessa draun

waun i dii need in da näh häd
oh do gangad ma wos ooo
owa waune di in da näh hob
wissad i need wos des waa

waun i jetz hamkum noch launga räse
wos fint i daun fua?
dreegiche dölla dreegiche glaasln
von an nochdmoi ka schbua

bleiben werden

waun i weadat wiari sein woiddad
wari weniga gean hin
oes i waa waun i des blaiwad
wos i dodsechlich bin

wauni d schbeiskoaddn nua siach
nocha hoowe scho gfressn
i geh jetz scheissn; ihr olle
seids einglodn zum essn

wauni in buchbeag nidaesterreich a woama waa
wissad i ned owe ned in buchbeag nidaesterreich
a oama waa
wäue i nämlich goaka gsööschofd hed
wauns in buchbeag nidaesterreich laichd ned
an zweidn woaman gebm ded

wauni kuma waa wiasde gfräd hed
weari ned feaddig woan medar oawäd
jetz wori feaddig bin medar oawäd
schbüsda du auf belädechd

der musikant

wauns des wiakli kenna
soins me hoed darenna
und me daun zaschdompfn
medsaumt meina klompfn

zirkus RENZ

wauns es jetz renz
i bin jetz aum ent
oowa nooo need mid määna
IN TÄ LE GENZ

wauns mas ned xogd hädn
fon söwa wari ni draufkumma
hed no jetz ned gschom mai easchde numma
und daschboad hede ma füü kumma

waunsd a hian hosd muasd aufbassn
dos da domed nix basiad
in an jedn no dea wos d leit hod gschuntn
homs a totäu vabotztes hian drin gfuntn

waunsd don wida bä mia bist, lockerl
kriagst glei a glistier, lockerl
setzt di glei aufs dopferl, lockerl
scheisst brav aus de glan sockerl

»waunsd rumschbüsd min fogi –
schau hea do, de schea!«
des woas wos d mama woin hod
dos i wiar aum schbiiis blea

waunsdmeno geanhosd
lossmedo maunchmoe gschbian
waunsdmeowanimma geanhosd
losmedo mi vaziagn

waurum soits denn ned so sein
es is hoed wia s iis
und a wäu kennz jo no bleimm aso.
that was twenty years ago.

wea waass villeichd iwamoagn
san des meine soagn
owa heit, bei sofüü leit
denke ned amoe aun moagn

weama schaun wosa fira maun is
obaun eam wos draun is
easchd waumma`wissn dos ma eam
ned braukn
wea ma r eam fajaukn

what makes those little things
fly around my bed
is it just my filthiness
or am i already dead

why can i not sing to you?
i'd just love to sing to you.
but i ain't got the voice i fear
that you'd love to hear.

why d'you get so jumpy
when you see me shake my fist?
is your nose scared of bleeding?
how do you know i've never missed?

wia de weiwa kommen san auf mi
howe gschrian: er schdehd ma need
homms mas hosndial aufgrissn und
gaunz scheen fia mi bet

wia du des gschbüd hosd
is anfoch a schaas
schreib liaba deine gschdanzln
hea da d'muusik on zum schbaas

wias kummen san, de schdundn
so sans a fagongen
wos kunnt aana wiariii
mea fum leebm falongen

woa da dea a liawa bua
hod mai foda xogt und mein bruadan gmaand
und i aa hobme draun arinad
und mai foda hod a bisl gwaand

woadadeara lackl foun an maun
hodda imma soeche backln drogn
a wänroodes sakko de glenzadstn beck
schau dan jetz aun – der is weg

woadd nua di griagn ma no!
unsa dramwai is scho gfoan
wos hom denn de woin fon dia?
a des san anfoch noan

wohea duasd'n wissn
wiasd ausschaust waunst schlofst
mid'n aufgrissnan mund
wea hoddadn des xogd

wohin kennt ma jetz no schaun
goanixmeahin goanixmeahin
was kennt ma jetz no hean
goanixmea goanixmea

zwos homma jetz augn
zgoanixmea zgoanixmea
und wos mochma nocha medde oan
olles valoan olles valoan

woins de ägln von da fritzi laichdn sehn
glä wean sas laichdn sehn
oowa zeaschd muass den zeddl sehn
wo a boa von mäne weata schdehn

wos bisdn so zoppelig
i miasad aufs klo
no a bissal wiasdas scho no aushoedn
jo, mama, jo

korb und zettel

wos den aan sei keabal
is den aundan sei zettl
jo wos is denn im keabal?
himmöoasch woismeizettl?

wos haasd aungst, de hewwema
fia mai schdeabschdund auf
waun i daun ane brauch
und jetz, meine hean, zaschneids
mein bauch

»wos hoizdn von de schenan weiwa?«
»————————————————
———————————— goanix.
———————————— i wix.«

wos i ma do eibrockt hob
i kenntat schdundnlaung rean
oo de wööd is so bitta
und da himmö so fern

menetekel

wos isn des fira schrift?
wo denn? dort aun da waund.
i siach nix. i siach a nix.
gemma. owa gemma mitanaund.

wos mochsdndo? i waass ned.
wos waassd need? i sox jo.
wos soxd? hobs dareee xogd.
gge rreeddoned an so an kaas.

»wossoi sogn? geh scheissn.«
»sog wi retzn du mid mia, du gretzn.«
»wos soedad i sunst sogn zuan oaschloch?
woitad di goaned valetzn.«

yesterday i met you
don’t remember, was it hint oa foan
muas da sogn, seither
füüi me direkt neich boan

zuwegschlichn howe mi wäu doatn
se wos griad hod in de buschn und i ghoffd hob
dos i unbeowochd zuaschaun kennt beim fickn
und ma söbst an koidn bauan aussedrickn

ZYKLEN

an Hans Weigel, 20. 8. 1991

oh, i hob's ja ned gwussd
dos i di nimma mea sen wea
liaba Hans des is
fia mi a gaunz grouss mallea

oowa wauni jetz schreibm dua
an briaf, a gedicht
dua r is imma mid ana füfeda
de wos i fun dia hob

zua r an rundn gebuatsdog
wia ma bei uns monchmoe sogt
do host du ma de gschenkt
's is wos drin des denkt

waun mai kopf schoo gaunz laar is
und i de feda in d' haund nimm
heari a schdimm drin
de wos ma soggd wos i schreim kennt

o du liawa Hans Weigel
mia hom jetz roodgwaande äägl
zoppln hinta dia drein
hoin de olle amoe ein.

15 stanzen zur eröffnung des literaturhauses
in wien am 30. september 1991

de »stanzen« is a glaana
literarischer schmäh
auf den i unhamlich schdeh
i hoff, s duad niemand weh

haus und leute

so, oeso, jetzn häd ma hoed a a
häusl fir d literatur
und leit, de wos schreibm kenna
hed ma fia des heisl a gnua

benützer des hauses

und wea wiadn do jetz sitzn
in den scheenen literaturhaus?
nadialli de schdudentn, de germanistn
und wos weans duan? – schwitzn weans,
wias imma schwitzn

vom guten ton

»sogns komma do a scheissn?«
»sie meinen, gibt es hier ein klo?«
»i suach an abuat –
mei hosn is ma zguat.«

literatur und tod

d literatur, des wisz jo
is a gaunz a diaffs grob
wo kaana drin waas
ob a jemoes a r aufaschdehung hod

nationalliteratur

jo seizn es kane daitschn?
no oeso des samma wiaggli ned
owa eia dichterschbrooch is do daitsch
es heazzas jo – oder ned?

vom leben und sterben der wörter

aodaloss und futschas
san zwa oede woat
s ane kemma vagessn
s aundare lebt foat

brutalität in der gegenwartsliteratur

singen kauna no ned
brauchd east a faust in d goschn,
                                        n tritt in d eia
singd nocha wia r a nochdigoe
und de kiwara boschn

zum kontrast

kummd ana znoo
aun mä schäwige wohnungsdia
»schnobbd do drin ana iwa?«
ghead hoda mä gschraaa

freedom now

a bissal woimma schoo
fia de freiheid wos duan
fia de huana und de beidschalbuamm
und ned nua fia de bechschwoazzn rozzn

zur problematik des freien schriftstellers

mia dichta, mia schreiwendn
san olles freie untanema
oeso höffzuns, biddschen höffzuns!
aungschdöde haums bequema

seelsorge für dichter

wo isn s kammerl fian pater
fia d letzte ölung fia unsre schdeawendn?
und nadialli fia d lewendn
wo hobbds n den psychiata?

dichter und religion

de dichta san olle
aussauadentlich fromm
obi in d höö komm, obi in d höö komm, obi iagend
waun amoe in d hööö komm?
wos waandad'n do obm, uns heulecha beeda?

zu nutz und frommen

jo brauch ma dn de germanistn?
jo de brauch ma, du suamm.
waun de ned umgromm und umgromm
und umgromm duan
daun is füü, wos ma gschriamm hom, fiar olle
zeit gschduamm

abschluss: lob der österreichischen dichtung

auf mein huad scheissd a dauwal
und des dauwal is längst fuat
waun i mein huad von meim schedl reiss
und sog: unsa dichtung is guat

Christtag, No. 1–4

Christtag, No. 1

sog iss wenigstns schnö gaunga?
ka red, fuachboa long hods dauat
muafium homs schdreng noch fuaschrifd gebm
sunst fakiazad ma des siasse lebm

Christtag, No. 2

gschrian hods oes wiara sau, soge da
bein ooschdechn – derawäu hods
gwiis a gaunz a schippl glaane sintn biasst
wos nix nutzn daadad, wauns int höll miasst

Christtag, No. 3

schau, glaane, wüü da nix fuamochn
bist aane fun de uasochn
dos i mai lebm hait hossn dua
sixt des messa? kaana schaut zua

Christtag, No. 4

ob i amoe in himmö kummat?
friara howe a menge bett.
ob ma des hait wea aunrechnan datt?
i waass nett.

a need	ach nein (ironisch)
aane schmian	eine ohrfeige geben
aunblead	angeschrien
aunglaand lossn	angelehnt lassen, im stich gelassen
aussekräun	herauskriechen
auszuzlda	ausgesogener
bääääädschalbua	peitschenbube, strichjunge
baana	knochen
backln	dichtes nackenhaar (frisur)
bapsch	papa, vater
batzal	stückchen (kot)
beck	böcke, schuhe
biassn	büssen
bisguan	xanthippe
bixn	büchse, vagina
bläan, blean	plärren, heftig weinen
blaazd	geheult, geweint
bleampe	tölpel
bluedeche	blutige
boodschad	ungeschickt
boschn	klatschen, applaudieren
brava	braver
breedl	brett
brotzn	pratze, pranke
däch, dääch	tage
dadadaran	tat er dir einen
dafua hoowe feedan	davor habe ich federn (angst)
dahungan	verhungern
darenna	errennen, zur strecke bringen
darennteno	errennt dich noch, holt dich noch ein
daschboad	erspart
daun	dann
dawoat	erwarte
dazöös	erzähle es
dazösmahoed	erzähle es mir doch
dearisch	taub
dekl	hut, hier: kopf
dellal	tellerchen
dmüchhoinkum	die milch holen komme
doifussbuam	dollfussbuben, jugendliche anhänger des 1934 von nazis ermordeten österreichischen bundeskanzlers engelbert dollfuss
domoes	damals

draade	verziehe dich, hau ab!
droggena	trockener
drommad	droben
druntaschliafn	darunter schlüpfen
duttaln	titten (verniedlicht)
duttln	titten
eadn	erde
eam	erben
einegräun	hineinkriechen
einschbian	einsperren
enzig	endsieg
eppa	etwa, vielleicht (rustikal)
fadampadn	verdammten
fajaukn	verjagen
fattan	vater (dativ oder akkusativ)
finkerl	kleiner fink
finstan	finsternis
fogi	vögelchen, knabenpenis
foischn	falschen
foitan	foltern
fooda	vater
fotta	vater
fuan essn	1) vor dem essen 2) vorne essen
fuassbod	fussbad
futterl	vagina (liebevoll)
gaachn	(jäh)zorn
gaddihosn	herrenunterhose (veraltet)
gfrassda	schurken
gge	geh, sei so gut
goaschdeg	garstig, hässlich
god	gott
goscherte	weibliches grossmaul
gretzn	krätze; lästige, widerliche person
grochn	krache, handfeuerwaffe
growood	kroate (abwertend)
gruamm	grube, grab
gsaazd	gesprungen
gschbiwena	ausgespieener, gekotzter
gschdaundn	gestanden, erigiert gewesen
gschdessn	gestossen, gefickt
harb	herb, übel
hausd	haust du, schlägst du
hean	herren
heulecha	heiliger
hinecha	kaputter, toter
hingschdraad	hingestreut, zu fall gebracht

hoedn	halten
hoedns mi aum schmäh	haben sie mich zum besten
hoewa	halb(er)
horo	haare ab
huan, huana	huren, dirnen
kanari	kanarienvogel
kenntads	könnten sie
kiwara	kieberer, polizist
koidn bauan	sperma
krüppelgschbü	schwächling
lackl	grosser kerl
lean	leeren, schütten
loodschad	schlapp, kraftlos
mainasöundgott	meinerseelundgott (stossgebet)
maura	maurer
medaranaund	miteinand(er)
missbua	mistbube
muagn	morgen
naicha	neuer
noa, plur. noan	narr
nossa	nasser
oaschal	kleiner arsch (auch koseform)
oesa	als ein
ogrissna	abgerissener, verwahrloster
oozächn	abzeichnen
owe	hinunter
raiwa	räuber
räsemaranoowa	reisse ich mir einen herunter, onaniere ich
sandn	sind denn
schbaib	speibe, speie, erbreche
scheanglada	schielender
scheangln	schielen
schiachn	hässlichen
schliaf	schlüpfe
schneidatn	schneidenden
schnowefut	schnabelfut, scheide mit vergrösserten schamlippen
siachdmaräään	sieht man ein
siiichd	sieht
siff	syphilis
sinda	sünder
sittä'	sittich
soiche	solche
soitad	sollte
suamm	surm, tölpel
untrisch	drunten, darunter
vabotztes	verpatzes, kaputtes

varaunlosd	veranlasst
varrotz	verratet
vaziagn	verziehen, das weite suchen
vuales	vorlese
(a) wäu	(eine) weile
waun	wenn
wean eam weamma	werden ihn wärmen
weata	wörter
wischerln	pissen
woi	wohl, vermutlich
wossa	wasser
zabreesld	zerbröselt, gefurzt
zäd	zeit
zadrittä	zertrete ich
zent	zähne
zipferl	penis (verniedlicht)
zoetsan	zu alt sind
zoppeschritt	zappelschritt(e)
zuan	zorn

nachwort

mitte august 1991, während eines vom 2. august bis 1. september dauernden urlaubs in puchberg am schneeberg in niederösterreich, gelang es mir unversehens, einen motor anzuwerfen, der für eine gewisse zeit eine kontinuierlich rapide gedichtproduktion ermöglichte, wie ich es in meiner schriftstellerischen laufbahn mehrmals erlebt hatte, z.bsp. 1952 den durchbruch zur realistischen dichtung der »Anderen Augen« (1956),1956/57 das einsetzen sogenannten experimentellen schreibens und vor allem der »sprechgedichte« der sammlung »Laut und Luise« (1966) oder 1976 die verfügbarkeit einer »heruntergekommenen sprache«, dargestellt im buch »die bearbeitung der mütze« (1978).
nie zuvor jedoch war mir der funktionsbeginn eines solchen motors zur weiterführung der arbeit am gedicht, samt seinen voraussetzungen, so deutlich geworden wie diesmal. die stanze (»das gschdanzl«), eine vierzeilige volkstümliche gedicht- bzw. strophenform, lernte ich in meiner frühen kindheit (etwa bis 1929) während des jährlichen sommeraufenthaltes in niederösterreich auf bauernfestlichkeiten kennen und vergass sie nicht wieder. es gab bei solchen gelegenheiten einen gschdanzelsänger oder, besser noch, zwei, die zugleich improvisierend und klischees anwendend eine bauerngesellschaft bei stimmung hielten. diese stanzen wurden zu immer derselben melodie als eine art sprechgesang dargeboten, und dies natürlich im niederösterreichischen dialekt, der sich in einer gewissen nähe zu den wiener dialekten bewegte. meinen erziehungspersonen, vor allem meiner mutter, galt der grossstadtdialekt als ein klassenstigma. zwangsläufig jedoch geriet ein in wien aufwachsender dem dialekt in die nähe, ohne dass dies seine sprechweise färben musste; er hatte einfach eine zweite sprache tief in sich.
den jähen und heftigen beginn dieser stanzendichtung im august 1991 sehe ich durch vier vorangehende ereignisse vorbereitet: durch die begegnung, per rundfunk, danach per LP und CD, mit einem relativ jungen, in grossstädten entstandenen, von gossenvokabular bestimmten, essentiell improvisierten, sehr rasch und rhythmisch pointiert vorgetragenen kritischen sprechgesang junger amerikanischer farbiger; durch den kauf einer CD namens »most« am 20. märz 1991, 18 nummern der »attwenger« markus binder, schlagzeug, und hanspeter falkner, ziehharmonika, musik und text, die einen kenner von jazz, rock und konkreter poesie nicht unbewegt lassen konnten; durch den erwerb, am 10. juli 1991, des anregenden »wiener dialekt lexikons« von wolfgang teuschl; schliesslich durch den schon etwas früher erfolgten vorschlag von mathias rüegg, leiter der jazzband vienna art orchestra,auf der basis von jazz-nummern texte für seine formation zu verfassen, was zur – noch zu realisierenden – vorstellung führte, englisch, so wie ich es leidlich beherrsche, zu einem echten

medium deutschen dichtens zu machen, also ausser konkurrenz zur angelsächsischen poesie, so wie ja auch picasso nicht immer nur blau, sondern mit einem mal rosa malen konnte.
mein neues medium hier, in den stanzen, war diese spezifische art des vierzeilers und der dialekt. dieser fluktuiert in schreibung und sprechweise – bis hin zu selbst erfundenen formen wie »sittä« für sittich, wohl von niemand bisher gebraucht. es ging nicht an, eine normierung des dialekts zu erstreben, wo zu den poetisch nutzbaren vorzügen dieser art sprache gerade ihre ungenormtheit zählt. dialekt ist freilich stets gesprochene sprache, und diese »stanzen« sind daher um nichts weniger »sprechgedichte« als jene in »Laut und Luise«. (dort gab es übrigens eine abteilung zum teil im dialekt, »volkes stimme«; ein stärkerer kontrast zu den »stanzen« ist kaum vorstellbar.)
die von mir angewandte form der »stanze« ist ein vierzeiler. jede zeile enthält, von einer deutlichen zäsur auf distanz gebracht, zwei stark betonte neben einer jeweils freien zahl von minder betonten oder unbetonten silben. letzteres bietet ungeahnte möglichkeiten der variation.
die tragfähigkeit der stanze wird hier an einzelnen beispielen von hochdeutschen, englischen und gemischtsprachigen stanzen erprobt. dabei zeigt sich: die stanze hält mehr, als sie verspricht.
da viele dieser vierzeiler über keinen titel verfügen, wurde für das inhaltsverzeichnis eine dem leser hilfreiche methode ersonnen: es wurde jeweils die erste zeile bis zur zäsur, dem deutlich vernehmbaren einschnitt, zitiert; das ist eine nicht gering zu achtende hilfe für den leser dieser stanzen, der ja zu einem stanzen-sprecher, wenn schon nicht stanzen-sänger, zu entwickeln sich suchen sollte.
je weiter er sich, seinem ursprung nach, von wien als dem zentrum seiner poetischen begierden entfernt, um so mehr wird er fürs erste des beigegebenen glossars bedürfen, um dieses alsbald wieder entbehren zu können.
seine hochdeutschen sprechgewohnheiten sollte er bei der übertragung der stanzen in akustisch wahrnehmbares nicht zu hoch einschätzen: das wienerische verbindet sich nicht selten mit den vorzügen ästhetisch wirksamer aussprachefehler, wofür die sprechweise des vielbewunderten schauspielers hans moser ein beredtes zeugnis ablegt. was immer der geneigte leser bisher an poetischer höhe zu erreichen getrachtet hat, wird sich ihm auch in diesen stanzen eröffnen – bloss mit einer da und dort merkbaren verschiebung in die tiefe der poesie. er hat schliesslich nicht ein büchlein der »menschenkunde« erworben, wie so viele, vor allem erzählende, literatur zu sein es vorgibt; auch kein büchlein der »seelenkunde«, wie so manches psychologische und religiöse machwerk; nicht einmal ein büchlein der »heilkunde«, was immer sich hinter diesem üblen ausdruck verbirgt. sondern er hat ein buch poesie erworben, ein buch erhebender und niederschmetternder sprachkunde, und nichts sonst.

23. 2.1992

ernst jandl

Anmerkung des Autors zu Band 9

»Idyllen«, 1989, war nach dem »schachspieler« doch wieder ein heiteres Buch geworden und bot die Basis für manche Lesung. Jagdgedichte schoben sich auf den wetterleuchtenden Horizont, und Rohrmoos, mein und Friederike Mayröckers steiermärkisches Sommerglück, füllte die Jahre 1982 bis 1984 mit Naturpoesie. Nichts war einfacher zu begreifen als die Hommage eines Anglophilen an die englische Dichtung:

»the pig has left me
in the stitch – das
schwein hat mich im
stich gelassen«

Ich habe mich noch einmal aufgeschwungen zu alldem, was mir das Dichten ein Leben lang zur wertvollsten Sache der Welt machte.
Nahezu das komplette Buch »stanzen« (1992) schrieb ich im August 1991 auf meinen, durch einen kurz davor erfolgten Knöchelbruch, den mich der große Professor Poigenfürst gipsfrei überstehen ließ, nur unwesentlich behinderten Spaziergängen durch die bei Wiener Altersrentnern höchst beliebte Sommerfrische Puchberg am Schneeberg in Niederösterreich, wohin Friederike Mayröcker ihrer verwitweten Mutter gefolgt war, um ihr die Tage zu versüßen, so daß es für mich keine Alternative zu meinem Aufenthalt dort gab. Meine Mobilität erfuhr durch die Aufzeichnung der zahlreichen Gedichte keine nennenswerte Einschränkung, da die vierzeilige Kurzform des »Gschdanzels« (im Bayrischen »Schnadahüpfels« – vermutlich ein »Lied, das zum Tanz der Schnitter gesungen wird«) sich auf kleinsten Zetteln auch im Gehen notieren ließ. Es war, in meiner Zeit als Autor, das erste und bisher einzige Mal, daß eine vorgegebene poetische Form so vollständig von mir Besitz ergriff, daß diese die alltäglichsten Themen in spielerischer Leichtigkeit sich entfalten ließ.

Ernst Jandl

inhalt

idyllen

(Diese Gedichte sind entstanden in den Jahren 1982 bis 1989)

stanzen

ernst jandl   poetische werke in 10 bänden

herausgegeben von klaus siblewski

band 1	Andere Augen verstreute gedichte 1 deutsches gedicht
band 2	Laut und Luise verstreute gedichte 2
band 3	sprechblasen verstreute gedichte 3
band 4	der künstliche baum flöda und der schwan
band 5	dingfest verstreute gedichte 4
band 6	übung mit buben serienfuss wischen möchten
band 7	verstreute gedichte 5 der versteckte hirte die bearb eitung der mütze
band 8	der gelbe hund selbstportrait des schachspielers als trinkende uhr
band 9	idyllen stanzen
band 10	peter und die kuh die humanisten Aus der Fremde

luchterhand